MÉMOIRES

D'UNE

PETITE FILLE

POUR FAIRE SUITE AUX

MÉMOIRES D'UNE POUPÉE

PAR

Mlle JULIE GOURAUD.

⸺✦⸺

PARIS

CH. DOUNIOL, LIBRAIRE-ÉDITEUR,

Rue de Tournon, 29.

MÉMOIRES

D'UNE

PETITE FILLE.

33343

IMPRIMERIE DE W. REMQUET ET Cie,

Rue Garancière, 5.

MÉMOIRES

D'UNE

PETITE FILLE

POUR FAIRE SUITE AUX

MÉMOIRES D'UNE POUPÉE.

PAR

Mᴸᴱ JULIE GOURAUD.

———❖———

PARIS

CH. DOUNIOL, LIBRAIRE-ÉDITEUR,

Rue de Tournon, 26.

1857.

A Mademoiselle Berthe de Boissieux.

MA CHÈRE PETITE AMIE,

Voici enfin la surprise que je vous promets depuis si longtemps et que vous avez méritée par votre sagesse : je vous offre ce petit livre comme un témoignage de mon affection.

Les Mémoires d'une poupée n'ont été

qu'une distraction pour vous ; j'espère que ceux d'une petite fille vous instruiront.

Quand, à l'exemple de Rosalie, vous vous souviendrez du passé, vous verrez que chaque jour de votre vie a été marqué par les soins et la tendresse de vos parents, et comme la petite Rosalie encore, vous voudrez y répondre en faisant leur bonheur.

JULIE GOURAUD.

AVANT-PROPOS.

Paris, ce 19 mars 185....

Ce matin, ma chère maman m'a emmenée avec elle dans la bibliothèque de papa pour ranger des livres. Comme je suis assez curieuse et que j'aime beaucoup la lecture, je me suis accordé le plaisir de lire quelques titres. Un grand

4

nombre de livres portant le titre de Mémoires, j'en demandai l'explication à maman. « C'est, « me répondit-elle, » le récit des événements qui ont rempli la vie d'un homme, écrits par lui-même ; il fait connaître les gens de son temps et ajoute ses réflexions particulières. Par exemple, ajouta maman en riant, *les mémoires d'une poupée !* »

— « Une petite fille pourrait donc aussi écrire ses mémoires ? » demandai-je à maman.

— « Certainement, pour faire suite à ceux d'une poupée. »

Cette idée de mémoires me poursuivit toute la journée et le soir j'eus de la peine à m'endormir,

Le lendemain je relus les Mémoires

d'une poupée pour m'inspirer et je fis part de ma résolution à ma sœur Marie.

— « Si tu dis tout, ma chère, ce ne sera pas toujours édifiant ! »

Ma sœur s'aperçut qu'elle m'avait fait de la peine ; elle m'embrassa en me disant : « Au fait, Rosalie, l'idée n'est pas mauvaise : écris tes mémoires ; ils auront de l'intérêt, au moins pour nous qui t'aimons si tendrement ! »

— « Promets-moi le secret. »

— « Je te le promets : et, comme je veux être pour quelque chose dans tes œuvres, je te fournirai le papier et les plumes. »

— « Et aussi un peu d'orthographe, quand j'en manquerai, n'est-ce pas ? »

— « Oui, à une condition toutefois, c'est que tu t'appliqueras. »

— « Sois tranquille, ma chère marraine. »

Le marché étant ainsi conclu, je me mis à l'œuvre le jour même.

MÉMOIRES

D'UNE

PETITE FILLE.

CHAPITRE PREMIER.

Où l'auteur sait ce qu'il dit.

Ma marraine m'a raconté si souvent le jour de mon baptême que je puis en parler comme je parlerais de celui d'un autre enfant.

Je suis née le 12 mars 1846. Marie et Alphonse mon frère étaient bien contents, car ils devaient être le parrain et la marraine, et tous les deux désiraient que je fusse une petite fille : cela se conçoit ! Ce fut donc une grande joie pour eux, lorsqu'ils me virent dans mon maillot. Ils sautaient comme de petits fous. Papa leur permit de me porter un peu. Ils me trouvaient si petite, qu'ils ne pouvaient pas croire qu'eux aussi l'avaient été autant que moi. Il n'y a rien de plus vrai pourtant.

Marie porta ce jour-là à une pauvre femme une bonne layette que maman avait taillée et cousue elle-même ; les pauvres de mes parents reçurent une aumône double pour attirer les bénédictions du ciel sur ma tête.

Marie qui avait déjà bon cœur était bien contente. Maintenant qu'elle est grande, tout son argent passe aux pauvres. Quand elle me sent une pièce d'argent, elle me mène voir des petites filles malheureuses, me raconte des histoires qui me font pleurer; alors je lui donne mon argent, et je ne pleure plus.

Je reviens à la cérémonie de mon baptême : Alphonse et Marie se firent de petits présents pour marquer le jour où je devenais chrétienne. Papa leur dit que maman et lui leur donnaient une grande marque de confiance en les choisissant pour parrain et marraine ; qu'ils devaient non-seulement m'aimer et me protéger comme étant mes aînés, mais qu'ils devaient encore me donner l'exemple dès que j'aurais la raison (je dois dire en passant qu'ils ont bien rempli cet engagement), et qu'enfin, si papa et maman venaient à mourir, ce qui pouvait très-bien arriver, Marie et Alphonse auraient à remplir les devoirs d'un père et d'une mère envers leur filleule.

A ces mots, mon petit parrain et ma petite marraine se mirent à pleurer si fort, que papa eut toutes les peines du monde à les consoler.

Cependant on partit pour Saint-Germain l'Auxerrois, notre paroisse. Un abbé, ami de papa, me baptisa sous le nom de Marie Rosalie. Mon frère et ma sœur se tinrent si bien, répondirent aux questions que leur adressa le prêtre avec tant d'exactitude et furent si recueillis en récitant les prières, que tout le monde en fut dans l'admiration. Je n'ai pas crié lorsqu'on a versé l'eau sur ma tête; tout alla pour le mieux.

De retour à la maison, mon parrain

et ma marraine distribuèrent des bonbons aux domestiques, firent la part des
amies de maman et portèrent plusieurs
boîtes chez les Sœurs pour les petites
filles sages.

Quand on écrit ses mémoires, il me
semble qu'on doit profiter de l'occasion
pour dire tout ce qu'on a sur le cœur.
Eh bien,... quel aveu! est-ce croya-
ble?... c'est très-vrai... je regretterai toujours... quoi?... de n'avoir pas mangé
de bonbons le jour de mon baptême.
Je sais bien que c'était impossible, je
n'avais pas de dents... Tout ce qu'il
vous plaira, je regrette d'avoir perdu
une si belle occasion. Convenez au moins
qu'une marraine devrait mettre en ré-
serve une douzaine de boîtes pour sa
filleule.

J'ai beau être, comme on dit, une pe-
1.

tite fille très-avancée, vous pensez bien que ma mémoire ne m'a pas fourni ces détails! Je les dois à Marie et à Alphonse.

Je ne compte noter mes souvenirs qu'à partir de cinq ans environ. *Je me prends* sur les genoux de maman ou de papa donnant et recevant des baisers. Quelquefois aussi, j'étais grondée, mais si doucement! Maman me parlait du bon Dieu; elle me disait que l'Enfant Jésus avait toujours obéi à ses parents; puis, elle me plaçait devant un beau tableau représentant la sainte Famille à laquelle j'adressais de petits discours.

Un jour maman me fit une si belle description du ciel ; de la bonté de Dieu; de la joie des anges; et des petits enfants qui vont dans ce bienheureux séjour, que je sentis un vif désir d'aller avec eux. Maman; m'ayant dit que j'i-

rais; mais plus tard, je me mis à pleurer ; j'avais les bras passés autour de
son cou et je criais de toutes mes forces : Je veux y aller. Papa, attiré par
mes cris et croyant qu'il s'agissait de
quelque caprice, dit à maman : Louise,
je t'en prie, ne lui cède pas.

Maman lui expliqua le sujet de mes
larmes. Alors il me prit dans ses bras
et m'embrassa si fort, que je fus consolée à l'instant.

Le soir, maman faisait sa prière au
pied de mon lit, elle joignait mes mains
et je répétais après elle : Je vous salue,
Marie. J'avais déjà un grand respect
pour la Mère de Dieu ; et je le témoi-
gnais avec la naïveté de mon âge : maman avait placé près de mon lit la sta-
tuette de la Sainte-Vierge et celle de
saint Joseph. Je les aimais beaucoup ; ils

avaient mon premier bonjour, et je m'endormais en les regardant; d'où je contractai l'habitude de me poser toujours sur le même côté. Maman le remarqua et voulut me faire changer de position. Après quelque résistance, je lui déclarai que je ne trouvais pas honnête de tourner le dos à la Sainte-Vierge et à saint Joseph, et, bien que j'aie fini par me rendre aux raisons de maman, je reprenais ma position respectueuse en dormant.

Une autre fois, maman s'habilla dans ma chambre pour aller au bal. Sa toilette, assurément, était fort décente; toutefois, je trouvai la Sainte-Vierge et saint Joseph de trop; je les emportai dans mon tablier pour les serrer dans une armoire. Maman me donnait sa bénédiction tous les soirs; je suis bien grande! et pourtant je ne peux m'endormir qu'après avoir senti la main de maman former le signe de la croix sur mon front.

Tout le monde m'aimait et j'aimais tout le monde. Cependant ma bonne maman était l'objet d'une affection particulière, parce que je la trouvais toujours disposée à faire mes volontés.

Déjà maman, ma bonne et même Marie m'obligeaient à faire preuve d'une certaine sagesse. Elles me forçaient à ranger mes joujoux ; je ne pouvais toucher qu'à un certain nombre d'objets ; enfin, on me faisait taire. Mais, chez bonne maman, c'était bien différent! j'étais reine et maîtresse : je montais sur les fauteuils, je sautais sur le canapé, je me coiffais avec les bonnets et les chapeaux de bonne maman,

je soufflais le feu, je mettais de l'eau de
Cologne sur mon mouchoir, je touchais
à tout, je parlais toujours, et quand,
par malheur, je cassais quelque objet
précieux, pour toute réprimande bonne
maman me disait : « Ma petite, ne recom=
mence pas. »

Puis venaient les histoires. Quelquefois, je m'en souviens avec confusion,
je faisais changer bonne maman d'histoire, jusqu'à ce qu'il s'en présentât
une à mon goût. Quand je dînais chez
bonne maman, on me faisait un ser=
vice à part, dans mon ménage ; et, lorsque nous sortions en voiture et qu'il
me prenait fantaisie de faire marcher
ma poupée, on arrêtait et nous descendions.

Vous croirez sans peine que je me ré-
fugiais chez bonne maman, lorsque je

pressentais quelque orage, et là, je dé-
fiais ma bonne de m'atteindre. Si Marie
se plaignait de mes caprices, je la mena-
çais de bonne maman ; ce qui n'empêche pas que j'aimais beaucoup ma
sœur. Elle jouait volontiers avec moi,
et, comme je croyais vraiment que j'é-
tais au monde pour jouer, courir et
sauter, je trouvais ma marraine excellente.

CHAPITRE II.

Ce à quoi le lecteur ne s'attend pas.

J'étais heureuse : les dînettes, les promenades, les joujoux et les compliments, rien ne me manquait. L'exemple de bonne maman fut insensiblement suivi par tout le monde. On trouvait mes caprices charmants : j'en avais cinquante par jour.

Un matin, j'eus la fantaisie de ne pas
vouloir me lever parce qu'il pleuvait.
Marguerite me fit inutilement de su-
perbes discours ; je finis cependant par
lui dire que, si elle voulait aller m'a-
cheter un petit parapluie, je me lèverais
pour aller me promener dans le jardin.
Ma bonne prit d'abord la chose en
riant et continua à me parler raison ;
mais, voyant que je m'entêtais de plus
en plus dans cet étrange caprice, elle
finit par aller prévenir maman de ce
qui se passait. Maman vint : son visage
était sévère. Elle me dit que je n'aurais
pas de petit parapluie, et qu'au lieu de
me forcer à me lever, comme elle pourrait très-bien le faire, elle défendait au
contraire à Marguerite de me le permettre ; qu'elle allait m'envoyer un
morceau de pain sec, et que je ne verrais

personne de la journée. « Mais Dieu
te voit, ma fille, il sait le chagrin que
j'ai d'avoir une enfant entêtée et sotte. »
Maman s'en alla.

Ce mot de sotte me fit impression. Je
goûtais déjà beaucoup les louanges.

Cependant je n'avais jamais vu maman
fâchée et je n'étais pas certaine qu'elle
le fût. Quant au morceau de pain sec,
je n'y crus pas un instant. Je m'attendais plutôt à voir entrer bonne maman
armée d'un pot de confitures où d'une
belle pomme. Pas du tout : quand le
déjeûner sonna, Martin, notre vieux
domestique, m'apporta un vrai morceau de pain sec en compagnie d'un verre
d'eau.

Je crus rêver. Je me retournai du
côté du mur pour éviter les yeux de
Martin; mais le bonhomme s'étant avisé

de dire : « Ainsi, mademoiselle Rosalie,
il n'y a pas de serviette à attacher aujourd'hui, vous ne vous ferez pas de
taches, » — je poussai des cris de fureur, jetant le pain, le verre et l'assiette
par la place.

Martin se sauva et ma pauvre bonne
resta stupéfaite.

Quand ma fureur fut calmée, Marguerite s'approcha de moi : « Rosalie,
mon enfant, il faut faire votre prière. »

— « Non, je suis trop méchante aujourd'hui. »

— « Justement ! demandez au bon
Dieu de vous rendre sage, dites-lui que
vous le voulez. »

— « Le bon Dieu n'aime pas les enfants méchants, tu me l'as dit l'autre soir.
Ah ! que je suis malheureuse ! Et tout
cela, parce qu'on ne veut pas m'ache-

er un petit parapluie !..... Où est donc
bonne maman ? »

— « Dans sa chambre. »

— « Que fait-elle? va lui dire de venir
tout de suite... je le veux. »

— « C'est fini, » répondit tranquillement Marguerite.

— « Que veux-tu dire? »

— « Je veux dire que ni bonne maman
ni personne ne cèdera à vos caprices. »

— « On ne m'aime donc plus ? » m'é-
criai-je avec désespoir.

— « C'est le contraire, ma petite fille.
Vous savez très-bien que vous n'êtes pas
sage. Or, si l'on ne vous corrigeait pas,
vous deviendriez tout à fait méchante et
alors... »

— « Et alors, quoi? »

— « Vous n'iriez pas au ciel. »

Je me tus. « Ma bonne, dis-je après

un moment de silence, je suis trop petite pour qu'on me punisse; on gâte
toujours les enfants, ma tante l'a dit
l'autre jour, je l'ai bien entendu. Est-ce
qu'on me grondait quand j'étais toute
petite, toute petite? »

— « Non, parce que vous ne saviez ce
que vous disiez, mais aujourd'hui, Rosalie, vous n'ignorez pas que vous vous
conduisez mal. »

— « C'est vrai : je suis très-méchante,
mais que maman me donne un petit
parapluie, je serai gentille. »

Je ne cessai de parler de ce petit parapluie toute la journée. Je songe avec
reconnaissance à la douceur et à la patience dont fit preuve la pauvre Marguerite.

L'agitation extraordinaire que me
causa ce caprice de petit parapluie finit

par me donner la fièvre. J'étais fort accablée, et lorsque papa et maman vinrent me voir, je leur tendis les bras, ne me souvenant plus de ce qui s'était passé. Maman me donna à boire, me fit dire quelques bonnes paroles à la Sainte-Vierge et à saint Joseph. J'eus le délire toute la nuit, le petit parapluie redevint l'objet de mes pensées. On n'a jamais pu trouver la cause d'un semblable caprice. Maman m'a souvent raconté cette terrible journée dont la fièvre m'a fait perdre le souvenir. Je crois rêver en écrivant de pareils enfantillages, mais hélas! le chapitre suivant ne vous donnera pas une meilleure opinion de moi.

CHAPITRE III.

Où il y a quelque chose de bien laid.

L'histoire du petit parapluie ouvrit les yeux de mes parents. Je m'aperçus bien vite qu'ils s'étaient donné le mot pour ne plus céder à mes caprices : alors j'en eus moins. Mon étonnement fut extrême en voyant que bonne maman était du complot.

Quel changement ! Au lieu d'admirer

2

ce que je disais, on me faisait taire, en ajoutant que les enfants doivent attendre qu'on leur adresse la parole. Maman se faisait sans cesse servir par moi: elle m'obligeait à quitter mes joujoux pour aller faire une commission. Une fois, je montai sur une chaise pour sonner ma bonne, maman m'arrêta : « Rosalie, les sonnettes ne sont pas faites pour l'usage des enfants; la preuve, c'est qu'ils ne peuvent y atteindre. »

J'étais très-curieuse : mon bonheur était de rester au salon pendant les visites; j'écoutais tout ce qu'on disait. L'élégance des dames me plaisait beaucoup. J'admirais et je touchais les robes, témoignant un étonnement fort ridicule, comme vous allez en juger. Un jour, une amie de maman, que j'affectionnais particulièrement, et avec laquelle j'avais plus de liberté qu'avec toute autre, me donna une bonne leçon : je sautai sur ses genoux, selon ma coutume, et, au lieu de lui dire bonjour, je me mis à faire l'inspection de sa toilette, louant et blâmant d'un petit air connaisseur. « Quelle robe mettrez-vous demain, madame ? lui demandai-je. Et quel chapeau ? Et quels bracelets ? » — « Je ne sais pas, ma petite Rosalie, mais puisque vous avez plus de plaisir à voir ma toilette que moi-même, je vous enverrai ma robe et mon chapeau. »

Je trouvai bien vite un prétexte pour m'éloigner, ce qui n'empêcha pas que la leçon était donnée; et vous serez sans doute bien aise d'apprendre que j'en ai profité.

J'étais très-imparfaite, hélas ! ce n'est pas tout : non pas que j'aie la préten-

tion de vous raconter jour par jour les
sottises de ma petite enfance! Non vraiment, mais j'ai sur le cœur un méfait que
je ne veux pas passer sous silence : c'est
donc avec une extrême confusion que je
vais écrire l'histoire d'un mensonge.
C'est affreux, n'est-ce pas?

Un jour ma bonne me laissa seule
après avoir fermé la fenêtre de la chambre. A peine Marguerite eut-elle été sor-
tie, que je montai sur une chaise pour
ouvrir la fenêtre, ce que je ne pus faire
qu'avec une peine inouïe, et en perdant
vingt fois l'équilibre. Je me penchais le
plus possible par la fenêtre, pour ne
rien voir du tout, lorsque maman entra. Elle jeta un cri en me saisissant par
ma robe.

— « Où est Marguerite? quelle imprudence! »

— « Oh ! je ne serais pas tombée, maman, » répondis-je en rougissant.

Ma bonne entra aussitôt. Maman lui parla très-sévèrement, contre son habitude. Marguerite affirma avoir fermé la fenêtre, mais je dis non et tant de fois non, que ma pauvre bonne finit par douter d'elle-même.

L'effroi de maman était d'autant plus grand, qu'un mois auparavant une petite fille du voisinage était tombée par la fenêtre, quoique sa bonne fût dans la même pièce.

Papa frémit en entendant le récit de maman, il dit qu'on ne pouvait plus avoir confiance dans une fille qui mentait avec autant de hardiesse; qu'il était d'ailleurs évident, que je n'étais pas de taille à ouvrir une fenêtre et que je n'étais pas menteuse.

2.

Le danger auquel je venais d'échapper ranima la tendresse de mes parents ; ils ne cessaient de m'embrasser, de me caresser. Ces baisers-là, mon cher lecteur, n'étaient pas doux comme ceux de la veille ! J'entendais quelqu'un qui criait dans mon cœur : vilaine menteuse.

Pauvre Marguerite ! voilà comment tu es récompensée des soins que tu as donnés à cette petite fille depuis qu'elle est au monde !

Tout à coup, je devins fort triste.

Ma bonne n'avait pas attendu qu'on lui donnât congé pour faire ses paquets.

Je n'avais pas prévu ce dénoûment. Que faire ? Avouer mon mensonge ou laisser partir Marguerite ; d'autre part on m'avait dit que les menteurs finissent toujours par être découverts et que le pardon ne leur est jamais refusé, quand ils avouent leur faute.

Je n'y tenais plus ! mais au lieu de faire ce terrible aveu à maman, je résolus d'aller trouver Marguerite. Le cœur me battait bien fort ; je frappai à la porte pour gagner un peu de temps. Marguerite vint ouvrir ; elle était tout en larmes : «Que voulez-vous, mademoiselle?» demanda ma bonne, d'une voix encore douce quoique bien fâchée?

— « Que tu me mettes en pénitence, Marguerite, parce que.... j'ai menti.... je suis montée sur une chaise pour ouvrir la fenêtre.... tu ne t'en iras pas, ma bonne? »

Marguerite me regarda en silence, la chambre retentissait de mes sanglots.

Enfin, j'entendis ces paroles ineffa-

çables de ma mémoire : « Rosalie, tu mérites le fouet, je vais te le donner. »

A ces mots, je redoublai de larmes,
quoique je ne connusse la chose que
de nom, mais la connaissance fut bien
pénible.

L'opération étant faite, Marguerite
me prit sur ses genoux et pleura avec
moi. Ah ! que nous étions malheureuses
toutes les deux ! — « Rosalie, pourquoi
as-tu menti? »

— « Je n'en sais rien, Marguerite, mais
je sais bien que je ne mentirai plus jamais, jamais.... tu ne t'en iras pas ? »

Ma bonne me le promit.

Le calme étant revenu, je ne pus
m'empêcher de témoigner à Marguerite
mon étonnement de ce qu'elle m'avait
donné le fouet sans se mettre en colère.
Ma bonne me dit qu'elle n'avait pas

voulu me battre, mais seulement me
corriger; qu'elle eût fait une mauvaise
action en me frappant avec colère, tandis qu'au contraire elle avait bien agi
en me fouettant tranquillement. Je ne
compris qu'à moitié ce beau raisonnement.

Marguerite me promit d'aller parler
à papa et à maman.

A la honte d'avoir menti se joignait
la crainte qu'on ne m'aimât plus. Ma
bonne me rassura en me disant qu'on
estime l'enfant qui avoue sa faute et que
je pouvais être sûre que la tendresse de
mes parents serait la même.

Cependant la pensée de paraître devant papa et maman me causait une
grande confusion. Enfin, je me décidai
à faire mon entrée au salon; Marguerite
me tenait par la main; je marchais les

yeux baissés et je voyais rouler mes larmes sur mon tablier blanc. Ma bonne raconta ce qui venait de se passer entre nous.

Je m'attendais à être grondée : pas du tout, papa et maman m'embrassèrent en disant : Alors c'est fini.

Il ne fut plus question de cette terrible histoire. On eût dit que moi seule la connaissais. Je me hâte de vous dire, cher lecteur, que je n'ai pas fait un second mensonge dans ma vie. Je suis très-contente aujourd'hui d'avoir eu le fouet; ma bonne dit que c'est un raisonnement excellent; maintenant, que je suis sûre de ne plus m'exposer à une pareille punition, je suis tout à fait de son avis.

CHAPITRE IV.

Où l'auteur parle de quelqu'un qu'il aime beaucoup.

Pendant que je grandissais, il me vint un petit frère, ce qui m'amusa extrême-ment. Si je n'eus pas le bonheur d'être sa marraine, j'eus au moins le plaisir de manger des bonbons de son baptême.

Vous le voyez, je tiens aux dragées. J'en conviens sans peine, parce que je suis persuadée qu'on les a inventées pour les enfants.

Mon petit frère était bien gentil ! On le nomma Emmanuel. Papa me donna l'explication de ce beau nom. Le nouveau personnage m'occupa beaucoup; mes joujoux me paraissaient insipides à côté de ce joli poupon. Marguerite obtenait des prodiges de sagesse en me permettant de le bercer. Je lui chantais les airs que ma bonne m'avait chantés autrefois. On me faisait taire à l'instant en me montrant le berceau. Quand il pleurait, je sautais et je battais des mains pour le distraire. Je finis par obtenir de Marguerite, la faveur de le tenir quelques instants sur mes genoux et de lui présenter la bouillie, et plus d'une fois j'encourageais mon petit frère en lui donnant l'exemple. Cet exercice mutuel enchantait ma bonne et moi aussi.

Comment vous dire mon bonheur, lorsque je le vis se tenir sur ses jambes ? Il était beau comme un ange, il me tendait ses petits bras ; il se cramponnait à ma robe ; je faisais semblant d'avoir peur qu'il ne m'attrapât ; je me roulais sur le tapis, je faisais la folle du matin au soir pour amuser mon petit frère.

Quand Emmanuel commença à parler, notre intimité devint encore plus grande : mon titre de sœur aînée me donnait un rôle de protectrice dont j'étais fière. Je l'amenais au salon, je l'empêchais de tomber, ou je le relevais, si je n'avais pu prévenir sa chute. Son langage enfantin était une nouveauté dont je ne pouvais me rassasier.

3

Quel chagrin j'éprouvais quand mon petit frère souffrait ! Nous nous aimions chaque jour davantage. Marie n'avait plus qu'à surveiller nos jeux. On ne savait que faire d'Emmanuel en mon absence.

J'ai été grondée plus d'une fois pour avoir abandonné mon livre à Emmanuel ; j'éprouvais un véritable plaisir à lui en voir arracher et déchirer les images. Tout ce que je possédais était à lui, je n'aimais plus à recevoir que pour donner à mon petit frère. Un jour, je poussai l'enthousiasme du dévoûment jusqu'à lui livrer un superbe ménage dont il jeta les pièces les unes après les autres par un soupirail de cave.

Hélas ! Emmanuel tomba malade. Marguerite m'annonça cette nouvelle

en m'habillant; j'échappai de ses mains,
pour entrer dans la chambre de maman.
Ma bonne m'arrêta et n'eut raison de
moi, qu'en me disant que le petit malade
dormait. Je me consolai un peu de la
rigueur de Marguerite, par la pensée
que je passerais toute la journée auprès
de mon frère et que je serais même très-
utile pour le distraire; mais jugez de
mon étonnement et de mon chagrin,
lorsque après le déjeuner auquel maman
n'avait pas assisté, papa m'annonça
qu'il allait m'emmener ainsi que ma
sœur chez une de nos tantes qui demeurait à Montmorency. Je laissai mes
fraises toutes sucrées et je me mis à
pleurer. Marie en fit autant et peu s'en
fallut, je crois, que Papa ne suivît notre
exemple. Cependant il nous consola de
son mieux; mais maintenant je me sou-

viens qu'il ne trouvait pas grand'chose à dire.

Martin annonça bientôt que la voiture était prête. Ma bonne, qui m'aimait toujours, comme elle me l'avait promis, avait pensé à mettre mes joujoux dans la voiture, j'y fus indifférente. Maman vint nous embrasser et disparut. On voyait qu'elle avait beaucoup de chagrin.

Moi, qui aimais tant à aller en voiture, à voir trotter les chevaux, à regarder par la portière, je restai tranquille entre papa et Marie, les questionnant tour à tour : « Pourquoi nous emmenez-vous, mon cher papa? J'ai lu l'histoire d'une petite fille qui a si bien soigné son frère qu'il a guéri tout de suite. » La réponse à mes discours était un baiser, je ne m'en contentais pas et

il fallut m'avouer qu'Emmanuel avait
une maladie dangereuse pour les autres
enfants. Je ne savais pas plus ce qu'é-
tait une maladie que le danger, de sorte
que l'explication fut sans effet sur moi.

Ma tante se réjouit en nous voyant
arriver, papa l'emmena bien vite, et, lorsqu'ils revinrent près de nous, ils étaient
aussi tristes l'un que l'autre. Ma tante
tâchait de cacher son chagrin, mais on
le voyait tout de même.

Cette bonne tantette, comme je l'appe-
lais, s'occupa beaucoup de moi. Elle fit
amener un petit chien feu et blanc, rempli de talents : il marchait sur les pattes
de derrière, rapportait les objets, attra-
pait les morceaux de sucre à la volée.
Ce chien, je l'avoue, me plut extrême-
ment, sa queue en trompette était si
drôle, sa tête si bien ornée, que j'éclatai

de rire malgré moi. « Rosalie, dit ma
tante, puisque Karagheuss te plaît, je
t'en fais présent : amuse-toi avec lui,
afin qu'il s'habitue à sa nouvelle maîtresse. »

Je remerciai ma tante, pensant aussitôt au plaisir qu'aurait Emmanuel à
faire une pareille connaissance.

Cette distraction ne dura qu'un moment. Je pensais sans cesse à mon frère ;
tout m'ennuyait : j'étais maussade, exi-
geante ; la bonne Marie s'occupait de
moi sans parvenir à me distraire. Je me
plaignais, mon appétit, irréprochable
jusqu'alors, se ralentit ; mes joues, qui
m'avaient valu le surnom de petite
Rose, perdaient chaque jour de leur
fraîcheur. Papa partit inquiet de moi.

Il revint au bout de huit jours avec
un air bien différent. Emmanuel était

hors de danger. Je voulais partir tout
de suite. Papa calma mon impatience
en m'annonçant que je ne verrais mon
frère que dans quinze jours, et que, jusqu'à ce moment, on allait m'envoyer
passer mes journées au *couvent de Maman*, pour se débarrasser de moi.

Cette perspective me rendit immédia-
tement la gaîté : les grâces de Karagheuss
m'apparurent sous un nouveau jour,
je l'emmenai en triomphe me disant que
quinze jours passeraient bien vite, dans
la compagnie de petites filles.

Dès le lendemain, maman me con-
duisit au couvent. Ce n'était pas la première fois que j'allais dans cette maison ;
on y avait mille bontés pour moi, et je
ne me fis pas prier pour prendre le titre
de pensionnaire.

La mère Pauline, maîtresse du petit

pensionnat, me présenta à ses élèves.
Le premier jour j'eus vingt amies à peu
près de mon âge; je n'étais pas la plus
petite.

Il fallait rester tranquille et garder le
silence pendant la classe. Ces conditions
me semblaient très-dures, mais je faisais comme mes compagnes, qui étaient
très-sages.

La récréation était remarquablement
amusante. La mère Pauline jouait avec
nous, et jouait *pour de bon*. Elle inventait des jeux, elle avait des bonbons
pour les sages et pour les nouvelles. Son
air gai et content nous rendait gaies et
contentes. Quand elle voulait obtenir
du silence et nous faire reposer, ce qui
n'était pas toujours facile, elle nous racontait des histoires.

Nous faisions un rond autour d'elle,

respirant à peine, excepté les enrhu-
mées, de peur de perdre un mot, même
avant qu'elle n'eût ouvert la bouche.

C'est ainsi que j'ai appris, sans m'en
douter, les plus belles histoires de l'An-
cien Testament. Quelquefois la mère
Pauline inventait des histoires *sur nous*.
On s'en apercevait, mais on ne disait
rien.

J'étais très-heureuse, et, sans l'amitié
que j'avais pour Emmanuel, je n'aurais
pas été fâchée de rester au couvent. Ces
demoiselles étaient toutes aussi contentes que moi; une petite Italienne
que j'aimais beaucoup, était la seule
qui restât triste, malgré toutes nos pré-
venances. La mère Pauline craignit que
Giovanina ne tombât malade : elle
mangeait à peine et l'on voyait qu'elle
jouait à contre-cœur. Le médecin vint;

3.

il lui tâta le pouls, lui fit tirer la langue, la questionna pour savoir d'où elle souffrait, et toujours Giovanina disait : *No, no.*

Cependant le docteur, qui est vraiment très-bon, gagna la confiance de notre amie, car lorsqu'il lui dit : « Ma petite fille, qu'est-ce qui vous fait du chagrin? » Giovanina éclata en s'écriant : « *C'est la Géographie de la France!* » Le docteur n'avait peut-être jamais traité la maladie de la géographie, toutefois il n'hésita pas à faire l'ordonnance suivante : « Madame, plus de géographie de la France à mademoiselle Giovanina. »

On tint compte de la prescription, et Giovanina reprit toute sa gaîté. Elle était vraiment charmante, cette petite fille! Elle nous appelait toujours *Cara,*

Carina, et nous donnait des *bacci,* c'est-à-dire des baisers.

Je vous assure que j'aimais beaucoup la mère Pauline et mes trente amies. Eh bien, je fus enchantée de retourner à la maison, pour retrouver mon frère, tout le monde et Karagheuss. Ma sagesse de couvent ne dura même pas un jour, et lorsque Marguerite s'en étonna, j'eus l'audace de lui dire : Il faut bien, ma bonne, *que je me rattrape avec toi.*

CHAPITRE V.

Où l'auteur est forcé de dire du bien de soi.

Le retour à la maison ne fut pas ce que j'avais imaginé : je trouvai mon frère bien changé; il était pâle, maigre et triste.

Notre première entrevue fut presque solennelle. Sur la recommandation de Marguerite, j'entrai tout doucement

dans la chambre, après lui avoir promis
de n'être pas trop bavarde, de ne pas
vouloir sortir aussitôt que je serais entrée et de ne pas contrarier Emmanuel
une seule fois. Je pris tous ces engage-
ments de bon cœur.

Mon petit frère devint rouge de plaisir en me voyant. Maman nous permit
de nous embrasser.

Emmanuel était assis dans un petit
fauteuil bleu, il avait une jolie robe de
chambre.

— « Voilà ce que c'est que d'être
malade! » dit-il en voyant ma surprise.

La peur de manquer à mes engage-
ments et d'être mise à la porte me rendait muette.

— « Est-ce que tu ne m'aimes plus,
Rosalie? » me demanda Emmanuel, « tu
ne dis rien? »

— « Je suis si contente de te voir,
mon frère, que je ne sais plus où j'en
suis. Voyons, veux-tu jouer ? »

— « Oh! oui, Rosalie ; jouons à la
bataille ! »

Il est bon de vous dire que la bataille m'était insipide, et que j'arrivais la
tête pleine de jeux qu'il m'eût été bien
doux de faire connaître à mon frère,
non-seulement parce qu'ils me plaisaient, mais à cause de leur nouveauté.

Cependant j'eus le courage de ne pas
m'opposer au désir d'Emmanuel, et j'a-
bordai franchement la bataille.

Ma répugnance fut considérablement
diminuée par l'apparition d'un jeu de
petites cartes telles que je n'en avais jamais vu. La bataille dura près d'une
heure, et personne ne la gagna.

Cette convalescence n'était pas ce que

j'avais rêvé. Sans doute, j'étais bien heureuse d'être avec mon frère, mais cette faveur s'achetait par une tenue qui ne m'était pas habituelle. La discipline du couvent n'avait eu qu'un effet passager et jamais je n'avais été plus remuante. De son côté, Emmanuel, si doux, si gentil en bonne santé, avait des caprices; maman les lui passait tous. Il commençait un jeu, puis il en voulait un autre. Si je commençais une histoire que je trouvais charmante, parce qu'elle était de ma composition, il me disait : « Rosalie, c'est fort ennuyeux; j'aime mieux les vieilles. »

Maman, qui me connaît à fond, s'aperçut de ma déception; elle me dit le soir : « Ma fille, je suis très-contente de toi; ta conduite avec Emmanuel est celle d'une bonne sœur. Tu te soumets à ses fantaisies, quoiqu'il t'en coûte beaucoup. Tu vois que la maladie a changé l'humeur de ce pauvre petit, et tu le supportes avec patience ; je te récompenserai certainement d'une conduite si aimable. »

Les paroles encourageantes de maman me ranimèrent : je crus pourtant nécessaire d'y ajouter quelques gambades, lorsque je me trouvai seule avec Marguerite.

Je soutins pendant quinze jours mon rôle de garde-malade ; la tendresse que j'avais pour mon petit frère m'aidait bien sans doute à m'oublier pour n'amuser que lui ; mais, cher lecteur, je dois vous dire que positivement on s'habitue à être sage : c'est une vérité dont j'ai fait l'expérience.

La convalescence d'Emmanuel me

fut donc très-profitable, et aujourd'hui
je me souviens avec plaisir de tous les
petits sacrifices auxquels je me soumet-
tais par affection.

Cependant mon frère faisait chaque
jour des progrès dans la santé et son humeur devenait plus égale. Il s'aperçut
alors de mes complaisances : « Tu es bien
gentille, Rosalie, me dit-il un jour, je
vois bien que tu me cèdes pour me faire
plaisir : quand tu seras malade, ma petite sœur, je serai gentil aussi moi. »

Emmanuel attachait beaucoup de prix
à la nourriture : l'heure de la soupe
était une heure bien importante ! Il
m'envoyait tourmenter Marguerite pour
hâter le moment de son repas, et j'ai
essuyé plus d'une bourrade pour plaire
à mon frère.

L'entrée de cette soupe était vraiment

solennelle : je suivais ma bonne jusqu 'à
la porte de la chambre, et là, à force de
supplications, Marguerite me confiait la
petite soupière de porcelaine, alors
c'était une joie que tout le monde par-
tageait. Emmanuel battait des mains,
poussait des cris, et, sans la présence de
maman et de Marguerite, cette chère
soupe eût été compromise.

Les promenades en voiture étaient
une agréable distraction pour nous
deux. Grâce au soleil de mars, mon
petit frère prit chaque jour de nouvelles
forces et un beau matin maman nous
annonça que nous allions partir pour la
campagne. C'était deux mois plus tôt
qu'à l'ordinaire.

Nous fîmes mille projets d'oiseaux,
de pêches, de jardinage et de courses à
travers champs. Emmanuel fut aussi ba-

vard que moi pendant la route ; maman avait l'air si heureux que c'était plaisir de la voir.

Nous arrivons à Azay-le-Rideau.

Nous étions comme de petits lions. Mais jugez de notre surprise : contre l'habitude, Pierre arrête à la grille du parc au lieu de nous conduire jusqu'au perron du château ; on nous fait descendre. Que voyons-nous ?

O surprise ! ô bonheur ! Une petite calèche attelée de deux belles chèvres.

Emmanuel criait de joie, j'étais muette, ce qui prouve combien l'impression était forte !

« Mes enfants, dit maman, la convalescence d'Emmanuel est sans doute pour beaucoup dans le choix de mon présent : toutefois la complaisance dont Rosalie a fait preuve pendant la maladie de son frère y est pour moitié. »

Alors nous remercions maman, nous nous embrassons et nous montons dans notre carrosse. Karagheuss placé entre nous deux avait une physionomie digne de la circonstance.

Emmanuel n'étant pas assez fort pour conduire, on plaça sur le siége Pierrot, le petit jardinier, qui nous amena en triomphe au pied du château, où nous attendaient de nombreux spectateurs aussi ébahis que nous étions glorieux !

CHAPITRE VI.

Qui est comme ça.

Nous descendons de notre équipage avec autant de plaisir que nous y étions montés : faire remiser la voiture, donner à manger à nos chèvres et les caresser, tout cela était le complément de notre bonheur.

La campagne était déjà belle : les lilas

en fleur, les gazons verts, l'air doux et ce bon soleil qui rend la liberté aux enfants et aux oiseaux, tout cela nous rendait bien heureux !

Emmanuel avait encore besoin de ménagements ; maman ne lui permit pas de rester longtemps dehors. Il rentra en me disant : « Tu restes, toi, Rosalie ? »

— « Oh ! je reviendrai bientôt, mon frère, je t'apporterai une surprise. »

Ma bonne voulut me persuader de rentrer, mais j'étais incapable d'écouter un conseil.

Je courus chez la jardinière, à la basse-cour, au pigeonnier, à droite, à gauche, parlant, courant comme une biche.

Les visites chez les paysans me plaisaient beaucoup : on me faisait des compliments : « Que vous êtes grande,

mamzelle Rosalie! vous ressemblez joli-
ment à votre maman! On dit que vous
êtes bien gentille cette année! »

Les petits garçons me promettaient
des chardonnerets et des écureuils, les
petites filles des bouquets et des mûres.
Ils admiraient ma robe et mes cheveux
bouclés.....

Le temps passe vite, quand on s'entend
louer. Je fus donc un peu embarrassée,
lorsque Marguerite me fit remarquer
que deux heures s'étaient écoulées depuis que j'avais quitté Emmanuel. Je dis
à ma bonne : « C'est bien laid, n'est-ce
pas? de ne penser qu'à soi. » Marguerite
fut tout à fait de cet avis-là.

J'eus vraiment du regret de m'être
tant divertie pendant que mon pauvre
petit frère était prisonnier par un si
beau temps. Je voulus réparer ma faute

4

en lui rapportant un petit lapin blanc.

Marguerite comprit ma position et elle consentit à venir avec moi chez les lapins pour en choisir un joli.

Il se peut que le lecteur ne trouve pas ces souvenirs-là bien intéressants et qu'il pense même que j'aurais pu supprimer ce lapin blanc! Ah! je vous en demande pardon, j'ai mes raisons pour me raconter à moi-même ces petits faits divers : ils me rappellent que, grâce aux soins de ma chère maman, je commençais à réfléchir.

Ne me demandez pas qui fut plus heureux d'Emmanuel en recevant le lapin, ou de moi en le lui offrant.

Mon cher petit frère crut que j'avais passé tout le temps de mon absence à chercher ce qui le rendait si heureux; il me remercia plus de vingt-cinq fois.

L'air de la campagne rendit bien vite les forces à Emmanuel, de sorte que nous ne nous quittions plus.

Trois fois par jour nous donnions à manger à nos chèvres, aussi nous connaissaient-elles bien et jamais elles n'eurent l'idée de nous faire mal. Marguerite les peignait et nous permettait de donner le dernier coup de main à la crinière.

Ayant chacun notre chèvre, il nous sembla nécessaire de les distinguer l'une de l'autre; mais nous voulions des noms extraordinaires, pour cela, nous eûmes recours à papa. Il leur donna des noms grecs, ce qui nous enchanta : celle d'Emmanuel s'appelait Smicra et la mienne Leuca. Que c'est joli ! n'est-ce pas ?

Nous lavions notre voiture, nous

brossions l'intérieur, en un mot notre
équipage était sans reproche.

Après le plaisir des chèvres et de la
voiture, venait celui du petit jardin.
Bonne maman nous donna les instru-
ments nécessaires à des ouvriers : bê-
ches, râteaux et arrosoirs. Mathurin
passa une journée à tracer notre jardin,
nous faisant bêcher et arroser.

La plus grande partie de nos récréa-
tions se passait dans notre propriété !
Nous nous abritions sous un châtai-
gnier voisin pour prendre du repos sans
perdre de vue notre jardin. Que de
projets, que de châteaux en Espagne
n'avons-nous pas faits !

Mathurin était très-content de ses
petits jardiniers. Nous arrosions avec
la pomme ou sans la pomme, suivant le
conseil du bonhomme. Il nous ensei-

gnait à semer nos graines et à tailler nos arbres.

Le jardin se divisait en deux parties : le potager et le jardin fleuriste. Le cresson alénois, les radis, le cerfeuil et les salades étaient de rigueur. Nos salades bien alignées avaient autant de prix à nos yeux que les peupliers qui bordent la grande pièce d'eau, et nos haies de petits pois en fleurs nous semblaient dignes de rivaliser avec les orangers de la serre.

Chaque jour l'état de la pousse était constaté ; les gousses naissantes, leur progrès après la pluie et enfin la cueillette des pois nous rendaient les plus heureux enfants du monde. Le lecteur le comprend sans peine, j'en suis sûre.

Il faut ajouter la gloire de faire paraître sur la table les produits de notre enclos. Les convives déclaraient à

4.

l'unanimité que nos radis avaient un piquant et une saveur à part ; le cresson était d'une finesse rare, les salades et les pois méritaient ni plus ni moins que l'honneur d'une table royale.

Ce n'est pas tout : Emmanuel qui a des idées de cœur étonnantes imagina un beau jour de vendre nos légumes à Catherine la cuisinière, parce que nous manquions d'argent pour acheter des sabots à un petit malheureux.

L'invention réussit à merveille : seulement nous nous querellions avec Catherine qui marchandait trop.

Venait ensuite le plaisir de cueillir un bouquet pour un jour de fête.

La veille de l'Assomption, fête de notre bien-aimée maman, nous nous trouvâmes très-embarrassés ; la chaleur avait été excessive et, malgré tous nos coups

d'arrosoir, nos fleurs étaient grillées.
Un seul rosier du Roi, grâce à la place
qu'il occupait, avait échappé à la déso-
lation générale; il était couvert de roses.
Mathurin lui-même lui lançait des yeux
d'envie chaque fois qu'il passait par là.

Nous tenions conseil devant notre rosier :

— « Certainement, » disait Emmanuel, « il y a de quoi faire un beau bouquet : quinze roses, ma sœur, sans
compter les boutons ! »

— « Oui, mais nous n'aurons plus une
fleur dans notre jardin : ce sera bien
triste, Emmanuel ! »

— « Que veux-tu ? Aussi, nous aurons
eu le plaisir de souhaiter la fête à maman
avec un magnifique bouquet. »

— « Si nous lui offrions chacun une
belle rose? »

— « Oh! ce n'est pas grand, Rosalie! »

— « Tu as raison Emmanuel, maman est si bonne! il n'y a rien de trop beau pour elle. « Je cours chercher mes ciseaux, viens avec moi. »

Nous voilà donc bien résolus devant notre rosier. Emmanuel tenait une petite corbeille pour recevoir les fleurs.

— « Regarde, mon frère, comme je les coupe hardiment, sans regret. Je voudrais qu'il y en eût cent. Et toi?

— « Et moi aussi. »

Emmanuel voulut à son tour couper des roses; c'était juste. Alors je lui donnai les ciseaux et je pris la corbeille.

Mathurin m'avait appris à faire les bouquets : je me surpassai dans l'élégance de celui-là.

— « Rosalie, me dit Emmanuel, il ne faut pas dire que nous avons eu de la peine à nous décider à couper nos roses!

— «Je crois bien! D'ailleurs je n'ai plus de chagrin! Et toi, mon frère? »

— « Ni moi non plus. Ah! le beau bouquet! Est-il gros! Comme il sent bon! Il est digne d'être offert à une reine. »

— « Justement, Emmanuel, notre reine, c'est maman. »

Mathurin tourna et retourna mon bouquet, sans pouvoir lui trouver un défaut, à ce qu'il disait.

Ce chef-d'œuvre fut mis au frais jusqu'au moment où tout le monde se réunit pour souhaiter la fête. Alphonse arrivait en vacances : il donna à maman ses couronnes et ses prix. Ma marraine offrit un paysage à la sépia dans lequel on apercevait un coin de notre jardin. Ceci faillit nous tourner la tête. Et nous, les petits, comme on nous appelle, nous

offrîmes notre bouquet en le tenant tous
les deux.

Si nous eussions été capables de re-
gretter notre petit sacrifice, notre peine
n'eût pas duré longtemps : car maman
témoigna une surprise, et un plaisir qui
nous rendirent très-heureux. Elle nous
remercia, nous embrassa en nous appelant ses petits jardiniers chéris. Puis
elle donna une place d'honneur au
bouquet sur sa table de travail.

Cette journée de fête ne fut pourtant
pas aussi gaie que nous l'avions espéré.

Vers trois heures, le ciel se couvrit de
nuages noirs, et un orage terrible éclata ;
des torrents de pluie augmentaient encore l'effroi que nous causaient le tonnerre et les éclairs. En pareil cas, notre
refuge était auprès de Marguerite qui
allumait un cierge béni rapporté de

Rome, et nous récitions le chapelet avec elle.

L'orage dura trois quarts d'heure. Ayant mis le nez à la fenêtre, nous vîmes les dégâts qu'il avait causés. La terre était couverte de feuilles, les fleurs étaient couchées dans la boue, et les arbres s'inclinaient tristement. .

— «Dans quel état doit être notre jardin! dit Emmanuel. Allons voir, ma sœur.»

Nous prenons nos sabots et nous arrivons à notre chère propriété. Hélas! nos salades, nos radis, étaient à moitié déracinés, nos petits pois échevelés! Peu s'en fallut que nous ne pleurassions.

Marguerite nous consola, car elle s'adressait toujours à notre cœur : « Mes petits enfants, pensez donc aux pauvres gens qui vivent du produit de leurs jardins et de leurs champs ! Votre jardin n'est qu'un amusement ; vous ne souffrirez nullement des ravages de l'orage. Plaignez les pauvres, mes petits anges; priez pour cette pauvre femme dont le mari a été tué sous un arbre par la foudre. »

Le discours de Marguerite changea tellement nos idées, que la pauvre fille craignit, en voulant nous consoler, de nous avoir causé une peine plus grande. Mais l'orage étant passé, le ciel bleu nous rendit l'espérance pour nous et pour les malheureux.

— «Quel bonheur! me dit Emmanuel, que nous ayons cueilli nos roses! Il n'en serait pas resté une seule : tandis que nous avons fait plaisir à maman, et que nous voyons encore nos fleurs. »

Le lendemain nous entrons chez ma-

man, comme à l'ordinaire, pour lui dire
bonjour, et nous sommes bien surpris
de la trouver dessinant déjà. La surprise fut bien plus forte en voyant que
c'étaient nos fleurs qu'elle peignait.

— « Ah ! maman, dit mon frère, vous
faites le portrait de notre bouquet ? »

— « Oui, monsieur, » répondit maman, en lui touchant le bout du nez
avec son pinceau.

— « Quel honneur pour les jardiniers ! » m'écriai-je.

— « Ces roses sont très-belles, » dit
maman, » mais leur éclat et leur parfum
me charment moins que le souvenir qui
s'y rattache ; je veux avoir sans cesse
sous les yeux le témoignage du petit sacrifice que mes enfants ont fait pour le
jour de ma fête... »

5

Une même pensée nous traversa l'esprit; nos yeux disaient : « Est-ce toi ? »
Maman nous tira d'embarras.

— « Il n'y a pas eu d'indiscrétion commise, mes enfants. En voyant votre
jardin triste et dépouillé de son plus
bel ornement, j'ai deviné votre générosité. Soyez-en récompensés, mes chers
petits, par le plaisir que j'éprouve. Dans
quelques jours, ces fleurs seront fanées.
J'ai donc voulu les faire revivre sous
mes yeux. »

Là-dessus, maman nous remercia encore, nous appela ses bons enfants, et
nous conseilla d'aller consulter Mathurin sur les travaux à faire dans notre
jardin.

Nous nous en allions, lorsque Emmanuel, plein de notre sujet, retourna auprès de maman lui faire promettre de

conserver les feuilles de nos roses dans sa commode.

Ces jours de campagne sont les plus beaux de ma vie. Je ne sais pas si dix années de plus me donneront un bonheur semblable à celui qui remplit les dix premières ; nous verrons.

Quel plaisir c'était, par exemple, d'être assis à l'ombre, à côté de notre bonne, et d'assister aux gambades d'une famille de lapins ! Quand nous jugions la partie finie, nous ramassions les acteurs comme des pelotes de laine blanche, et nous les portions chez eux. Dans les bois, nouveau spectacle : des écureuils semblaient, par leur entrain, avoir attendu notre présence pour donner une représentation de sauts périlleux. Quelquefois nous rencontrions de petites filles qui ramassaient du bois mort ;

nous les aidions, elles nous remer-
ciaient et nous faisaient de petits signes
d'amitié tant qu'elles nous aperce-
vaient.

Au sortir du bois, c'était le berger
avec ses moutons; plus ils faisaient de
poussière, plus nous étions contents.
Le chien du berger excitait notre admiration.

Marguerite, qui trouve de la morale
dans tout, ne manquait pas de nous
faire remarquer l'obéissance et la vigi-
lance de ce chien. Les ébats des canards,
la gourmandise des poules, la méchan-
ceté des oies, faisaient tour à tour le sujet
de nos observations. Enfin, les couvées
de petits poulets mettaient le comble à
notre bonheur.

Je n'en finirais pas de vous raconter
tous nos plaisir d'enfants; j'ajoute en-

core celui d'aller dénicher des œufs, de
voir battre les châtaignes, les pommes
et les noix. Paris n'offre rien de com-
parable au bonheur de courir en sabots
et en robe courte à travers champs.
Peut-être le lecteur a-t-il remarqué qu'il
n'est pas question d'étude dans ce chapitre? La vérité est que, pendant notre
séjour à la campagne, nous ménagions
les plumes et le papier. D'ailleurs, il
s'agissait de travailler à la santé d'Emmanuel, et mes conseils et mon exemple
étaient indispensables.

Il ne faut pas croire que mon parrain
et ma marraine ne prissent aucune
part à nos jeux. Marie était toujours disposée à travailler pour ma poupée;
Alphonse se piquait de savoir amuser
les petits. Nous étions, malgré notre
âge, de toutes les parties; mon parrain

et ma marraine se chargeaient de nous
et répondaient de notre sagesse.

Je ne suis pas de l'avis de bonne maman, qui dit que le passé ne revient
plus : chaque printemps me ramène
les mêmes joies et, quoiqu'un petit règle-
ment d'étude se soit glissé à travers nos
journées, nous n'en sommes pas moins
heureux, Emmanuel et moi.

CHAPITRE VII.

Où l'on va faire connaissance avec plusieurs contemporaines de l'auteur.

Ma sœur, que je consulte quelquefois pour aider mes souvenirs, m'a dit que les auteurs de Mémoires parlent des personnages de leur temps.

Eh bien, je vais vous parler des petites filles de mon temps, de mes amies intimes ; je suis sûre qu'on m'en saura gré.

Louise, Camille et Hélène sont charmantes, chacune dans leur genre. Je vais les faire passer sous vos yeux, telles qu'elles étaient à l'époque où j'en suis de mes Mémoires.

N° 1. LOUISE. — Nous nous sommes connues dès l'âge de cinq ans ; il n'y avait qu'une différence de quelques mois entre nous deux. Louise n'avait pas de caprices, de sorte qu'il lui en coûtait moins de se rendre aux miens. Avec elle, tous les jours se ressemblaient.

Son extérieur s'accordait parfaitement avec son caractère : figurez-vous une bonne grosse petite fille, ayant des joues bien étoffées et bien roses, des cheveux bouclés retombant sur de larges épaules. Elle était plus grande que moi, ce qui faisait croire qu'elle était plus raisonnable, mais au colin-maillard, au chat perché et à la queue du loup, elle prouvrait le contraire ; c'était une vraie petite folle, qui ne pouvait pas dormir la veille ou le lendemain d'une partie de jeu. Louise a toujours été franche : je crois qu'un mensonge n'est jamais sorti de sa bouche. Tout le monde a cette bonne opinion d'elle. Heureuse Louise ! la susceptibilité n'était pas son fait ; elle entendait bien la plaisanterie, qualité très-avantageuse pour vivre avec trois espiègles comme nous. Elle était propre et soigneuse. On ne lui voyait jamais les mains sales ni la robe déchirée. Vous direz peut-être que le mérite en était à sa maman et à sa bonne ! Foi de petite fille, il y a des

5.

demoiselles, qui sont toujours malpro-
pres malgré tous les soins qu'on prend
de leur personne. Au jeu, Louise était
fort accommodante ; elle acceptait le
rôle qu'on lui donnait, tandis qu'il y a
des petites filles avec lesquelles il faut
se quereller pendant une heure avant de
commencer. Louise aimait beaucoup
son papa, sa maman, ses frères et sa
sœur. Elle ne disait pas comme tant
d'autres : « Moi, quand je serai grande,
je ferai ceci, j'irai là. » Louise disait :
« Je ne quitterai jamais maman. »

Mon amie avait beaucoup de dispo-
sitions pour la musique, de sorte qu'on
lui donna un maître de très-bonne
heure. J'étais ravie, quand je voyais ses
petites pattes potelées trotter sur le
piano.

Je tourmentais maman pour appren-

dre aussi, moi, la musique, m'imaginant
que je ferais merveille; mais ce ne fut
que deux ans plus tard, lorsque Louise
jouait déjà des sonates, tournait ses pages, mettait la pédale et balançait sa
tête, qu'on m'apprit les notes. Vous
comprenez quel avantage une pareille
musicienne avait sur ses compagnes. Eh
bien, je dois dire à la louange de Louise
qu'elle n'en était pas orgueilleuse; elle
savait déjà que nos bonnes disposi-
tions nous sont données par Dieu et que
notre mérite consiste à en faire un bon
usage.

Passons à la partie des imperfections.
Qui n'en a pas? Et même, pour parler
plus correctement, je dirai parlons des
défauts de Louise. (Ce ne sera pas
long.)

Ma chère amie était, comme moi, un

peu paresseuse. Ah! cela se conçoit
bien : quand on est petite, on aime tant
à jouer, que tout le reste semble inutile. Louise me faisait ses confidences,
nous étions parfaitement d'accord ; nos
pages d'écriture et nos *par cœur*, si
courts qu'ils fussent, nous paraissaient
une injustice du sort. Louise s'endor-
mait sur son livre; moi je regardais à
droite et à gauche.

Je dois dire que Louise était très-
étourdie : si on lui donnait une commission pour sa maman, elle oubliait
presque toujours de la faire. Sa bonne
était obligée de penser pour elle, à
moins qu'il ne s'agît de sa chère petite
personne; car Louise avait pour elle-
même les sentiments qu'elle inspirait
généralement, *elle s'aimait beaucoup.*

Je ne dirai pas que ma petite amie

fût précisement gourmande : du moment qu'elle n'avait plus faim, elle n'eût pas accepté un gâteau au chocolat ou à la crème; mais elle aimait le bon, comme un grand papa l'aime; dans nos dinettes, Louise avait plus d'idées à elle seule que nous toutes. D'où je conclus que mon amie sera une excellente maîtresse de maison chez laquelle on fera des dîners exquis.

Louise, comme ses compagnes, a grandi en taille et en sagesse. Elle commence à aimer l'étude; elle m'a même avoué qu'un congé trop long l'ennuyait. Ce qui n'empêche pas, croyez-le bien, que nous faisons de fameuses parties.

N° 2. CAMILLE. — Ce numéro-là ne ressemble guère au premier.

Camille était maigre, brune, volontaire et très-entreprenante. Elle avait un an de moins que nous ; ce qui né l'empêchait pas de dominer les autres. Dès que Camille paraissait, il fallait se mettre en train, *ne pas perdre de temps.* Nos hésitations cessaient à l'instant, car elle ne nous demandait pas notre avis.

Le rôle principal lui appartenait de droit : si nous jouions la comédie, Camille était la Reine ; elle s'accrochait un petit rideau sur la tête et prenait des airs de majesté imposants. Nous étions ses suivantes ou ses esclaves, suivant le thème qu'elle choisissait. Elle découvrait une conspiration, nous faisait jeter dans une prison et nous en tirait avec une clémence qui devait nous arracher des larmes.

Quand on jouait à la dame, nous étions ses enfants, et je vous assure que l'obéissance n'était pas un simple jeu. Au

voleur, Camille faisait le brigand : dans
un clin d'œil elle était armée de tous les
coupe-papier de la maison ; elle se coif-
fait jusqu'aux yeux d'un vieux chapeau
de papa, tombait sur nous, pauvres
voyageuses, nous demandant la bourse
ou la vie, nous menaçait et s'accordait
quelquefois le plaisir de nous poignar-
der. Notre dédommagement alors con-
sistait à pousser des cris de détresse et
à rester étendues sur le carreau.

Une autre fois, Camille était général ; casque en tête et sabre au côté,
elle passait ses troupes en revue avec
la sévérité de Clovis.

Il n'était jamais question de dînettes
ni de poupées. Nous avions même grand
soin de cacher nos chères filles ; car, si
Camille daignait s'en occuper, c'était
pour les fouetter.

Gardez-vous de croire que Camille
fût méchante. Elle avait un cœur excellent ; l'autorité qu'elle prenait ne
nous fâchait nullement : il se peut même
que notre extrême docilité ait contribué
à développer chez Camille le goût du
commandement.

Camille était de ressource pour tout,
dans les cas de plaies et de bosses très-
fréquents dans notre société ; elle courait
chercher de l'eau fraîche, déchirait
son mouchoir pour faire une compresse,
prenait des épingles sur nous comme
sur des pelotes. Elle avait encore l'art
précieux de persuader à nos bonnes de
nous laisser faire ce qui nous plaisait.
Elle obtenait des permissions étonnantes !

Aujourd'hui le numéro deux est aussi
ardent pour l'étude qu'il l'était pour le

jeu. Camille nous a dépassées toutes les trois, et quand on la voit à la tête d'une partie on peut être certain que ses devoirs sont faits.

N° 3. HÉLÈNE. — Oh ! quel gentil numéro que mon Hélène ! Ses cheveux blonds et ses yeux de velours noir sont en parfaite harmonie avec son caractère. Jamais de querelles, jamais *de moi je.* Elle voulait ce que voulaient ses compagnes, le rôle délaissé lui appartenait de droit.

Avions-nous besoin d'une statue pour décorer le vestibule où devait passer la Reine, Hélène posait, et pourtant je peux vous certifier qu'elle aimait bien à sauter. Elle faisait toutes les commissions, descendait et montait vingt fois dans une heure. Au colin-maillard, elle prenait le bandeau à la

place de celle qui n'en voulait pas, c'é-
tait notre Baby, notre mouton. Aussi,
quand les frères se mêlaient de la partie, nous protégions la douce Hélène.
Une fois, Camille a mis à la porte un
garçon qui avait tiré les cheveux d'Hélène, mais la bonne petite obtint sa
grâce. Elle était complaisante pour tout
le monde, elle servait jusqu'aux gens de
la maison avec une grâce charmante.
Dès que sa bonne paraissait le soir pour
la coucher, elle quittait le salon sans
faire de mines. N'est-ce pas admirable?
Hélène faisait-elle la connaissance d'une
petite fille, son premier mouvement était
de lui livrer ses joujoux. Bien différente
en cela de ces petites égoïstes qui disent
sans cesse : « Prenez garde d'abîmer ma
poupée ; faites attention à mon jeu de
patience ; je ne veux pas qu'on se serve

de mon ménage. » Si un objet plaisait à
la nouvelle venue, Hélène le lui offrait.
C'est ainsi que notre première entrevue
a été marquée par le don d'une palatine
de cygne pour ma poupée qui lui semblait plus frileuse que la sienne. Ce
n'est pas tout. A la promenade, Hélène
donnait aux pauvres les sous destinés à
acheter des gâteaux. Notez qu'elle nous
disait : « Quand je serai grande, je man-
gerai des brioches au lieu de pain. »

La bonne Hélène a toujours eu la
crainte de déplaire au bon Dieu. A l'âge
de cinq ans, lorsqu'elle nous voyait por-
tées à désobéir, elle disait : « Prenez
garde, mesdemoiselles, le bon Dieu vous
voit. » Et cette douce voix nous rappelait à l'ordre.

Étions-nous indisposées, Hélène venait nous tenir compagnie, sans crainte

de gagner notre mal ; elle nous racontait des histoires ou nous regardait dormir. Enfin, cher et patient lecteur, je vais vous citer un trait qui sera le dernier coup de pinceau de ce charmant portrait.

Hélène avait sept ans. Étant à la campagne chez bonne maman, nous avions imaginé pour jeu d'ouvrir et de fermer la grille du parc. Cette manœuvre avait pour résultat une musique qui nous enchantait. Tout à coup, la grille se ferme sur un des doigts d'Hélène. Nos bonnes accourent pleines d'effroi et trouvent la petite fille évanouie. Revenue à elle, Hélène s'occupait plus de sa bonne Manette, qui se désolait, que de son mal ; elle l'embrassait en lui disant que ce n'était pas sa faute. Cependant la blessure était grave ; Hélène s'imagina qu'on lui couperait le doigt. On fut obligé de faire venir un chirurgien de la ville. La douce Hélène laissa toucher et retourner son doigt sans sourciller ; mais lorsque le docteur dit : « Madame, cette menotte guérira, il n'y a pas de crainte à avoir, » Hélène s'écria : « Quel bonheur pour cette pauvre Manette ! » Le chirurgien fut ému en entendant ces paroles généreuses sortir du cœur d'une petite fille de sept ans ; il les rapporta à plusieurs personnes, et bientôt tout le monde les sut et les admira. Hélène, seule, trouva la chose toute simple.

Sa piété et son amour pour les pauvres lui ont valu l'honneur d'être trésorière de la Sainte-Enfance. Avec quel soin elle tient son livret ! Elle est inexorable pour les arriérés, mais elle accepte volontiers les avances.

N° 4. — Hélas ! c'est le peintre ! vous le connaissez mieux qu'il ne se connaît lui-même. N'importe, la justice le condamne à se peindre lui-même.

Figurez-vous la petite fille la plus étourdie, bavarde, touchant à tout, se faisant gronder et pardonner vingt fois dans une heure. Maintenant, pour être juste avec moi comme avec les autres numéros, je dois dire que j'avais bon cœur, et chacune de mes sottises était rachetée par le regret de l'avoir commise. Je détestais les querelles, je n'ai jamais eu d'entêtement sérieux que celui du petit parapluie. J'étais moqueuse; j'avais la détestable habitude de contrefaire les personnes qui fréquentaient la maison. C'est grâce à la sévérité et à la tendresse de mon cher papa que je me suis corrigée de ce vilain défaut.

J'avais beaucoup de malice ; quand ma bonne me contrariait, par un motif raisonnable, j'imaginais quelque tour de ma façon pour l'impatienter. Un jour, elle me défendit de toucher à sa corbeille à ouvrage et encore à d'autres objets. Ses refus me mirent de mauvaise humeur. Ne sachant que faire, je me mis à me moucher sans aucune nécessité, et Marguerite ayant eu l'imprudence de me dire de finir, je redoublai d'efforts, disant que mon nez était à moi, que j'avais le droit d'y toucher tant que je voulais, et qu'elle ne pourrait pas m'en empêcher. Enfin, j'abusai tellement de l'autorité que j'avais sur mon nez, qu'une hémorragie termina cette scène.

J'étais assez friande. Une aventure fâcheuse me corrigea de ce défaut d'en-

fant, pour lequel maman dit qu'on a
trop d'indulgence.

C'était en été; ma bonne avait fait
du sirop de groseilles. J'avais, bien entendu, assisté à tous les préparatifs et à
l'exécution; Marguerite m'avait fait
goûter à son sirop plusieurs fois.

Mon ambition était d'avoir de cet
excellent sirop dans une petite bouteille
rincée par moi à cette intention. Au lieu
de faire part de mon désir à Marguerite,
je conçus la mauvaise pensée d'en aller
prendre moi-même à l'entrée de la
cave, où Marguerite avait déposé le sirop
dans un baquet.

Malgré mon horreur du noir, je m'en-
gage dans l'escalier de la cave; à peine
ai-je descendu trois degrés, que mes
pieds rencontrent le bassin, et je tombe
le nez dans le sirop.

Marguerite accourt à mes cris et me pêche. Je toussais, j'étranglais à faire peur. Ma figure, mes mains, mes habits étaient imbibés de sirop. Marguerite se lamentait, en disant qu'il y en avait bien une bouteille de perdue. Tout le monde vint me voir; jugez de ma confusion. Je tenais pourtant toujours ma petite bouteille. Je vous fais grâce des sermons que me valut cette équipée; je suis seulement bien aise de vous dire que je n'ai pas gardé rancune au sirop de groseilles.

Ma paresse était plutôt de circonstance qu'habituelle. Par exemple, règle générale, j'avais un point de côté les jours de confitures, et je n'étais capable que de tourner autour de Marguerite. En y songeant, je n'étais vraiment pas trop bonne. J'aimais à jouer des tours, à

6

faire des niches. Je me souviens du plaisir que j'avais à cracher sur le bonnet rond d'une pauvre femme, qui passait à une heure régulière sous la fenêtre de ma chambre.

Un jour, elle s'en aperçut, m'appela petite sale, et me menaça de venir se plaindre à maman. J'eus grand'peur et je m'enfuis.

A la campagne, lorsque le couvert des gens était mis, j'allais cueillir du poivre long et je frottais les cuillers, au risque d'être attrapée et fouettée par Marguerite.

Tout cela est bien laid ! J'en conviens, et je me dis que, sans les soins et l'amour de mes bons parents, je serais devenue tout à fait méchante.

J'espère que la petite fille de dix ans ne ressemble plus à son portrait d'autrefois. Qu'en dites-vous ?

CHAPITRE VIII.

Où plus d'une petite fille se reconnaîtra.

Chaque année mon jour de naissance
était célebré avec une pompe qui m'enchantait. Marie et Alphonse me racon-
taient mon baptême, nous invitions
nos amis, il y avait grande dînette, lan-
terne magique et tout était sens dessus

dessous. Papa, maman et bonne maman me faisaient de jolis présents, comme ils m'en font encore aujourd'hui. Vraiment c'est bien agréable de vieillir!

Dans mon impatience de prendre des années, je demandais sans cesse à Marguerite, si c'était bientôt *mon jour de naissance;* et, lorsque j'arrivai à comprendre qu'une année se composait de douze mois et chaque mois de 30 ou 31 jours, j'éprouvai une grande déception.

L'anniversaire de mes sept ans fut mémorable entre tous, et le souvenir m'en est d'autant plus précieux, qu'il peut avoir son utilité pour le cher lecteur.

Le matin, je me précipitai dans la chambre de papa et de maman pour leur dire bonjour et aussi dans la ferme

espérance de recevoir de jolis joujoux.
Papa me prit dans ses bras; il me fit
sauter bien haut, ce qui était toujours
signe du plaisir qu'il avait à me voir.
Maman m'embrassait, me regardait et
m'embrassait encore; ayant vu ses yeux
se remplir de larmes, je lui demandai
si elle avait du chagrin, car alors, je
pleurerais aussi moi!

— « Au contraire, » me répondit
maman, « ces larmes viennent du bonheur que j'éprouve à voir ma petite Rose
entrer dans sa septième année. »

— « Que c'est drôle, maman, » m'é-
criai-je en sautant au beau milieu de sa
chambre, « de pleurer quand on est
content : moi, je chante et je ris. »

Mon étonnement est toujours le
même, seulement je sais que cela arrive ; quand papa revient de voyage,

6.

que j'entends rouler la voiture dans la
cour, j'ai dans le gosier une boule qui
m'étouffe, le cœur me bat, et lorsque
papa m'embrasse en m'appelant sa petite fille chérie…je pleure de joie. Reve-
nons vite à mon sujet : je reçus pour
présent une délicieuse poupée. (Je vous
prie de croire que je l'ai encore et que
je l'aime beaucoup.) Jamais je n'en
avais vu d'aussi belle, une chevelure
blonde, des yeux bleus qui semblaient
chercher les miens; elle saluait, s'asseyait, ouvrait et fermait les yeux et
disait, à peu près, maman. J'eus du
transport! Le lecteur le croit sans peine
assurément.

Je pris ma poupée dans mes bras,
quoiqu'elle fût un peu lourde, et je
courus dans toute la maison, appelant,
criant : Voyez, voyez, ma poupée! Une

grande poupée, qui parle, qui ferme les yeux !

Maman me laissa prendre mes ébats toute la journée avec mes amies et le soir elle m'annonça qu'elle causerait avec moi le lendemain matin. Je crus qu'il s'agissait simplement de recommander à mes soins le trousseau de ma poupée et je m'endormis impatiente d'enfiler mon aiguille.

Je m'étais trompée, notre prière étant faite, maman me dit : « Tu sais, Rosalie, qu'Alphonse et Marie se confessent ? eh bien, ma petite fille, tu iras demain à confesse parce que tu as sept ans, c'est-à-dire l'âge de raison. »

Cette nouvelle me fit beaucoup d'impression ; ce n'était pourtant pas la première fois que j'entendais parler de confession, mais je ne croyais pas ac-

complir cette grande action si prochai-
nement.

J'avais le cœur un peu gros ; maman
s'en aperçut, elle me fit asseoir à ses
pieds sur un petit tabouret, elle passa
ses mains sur ma tête, comme pour lis-
ser mes cheveux, mais je sentis bien que
c'était une petite caresse pour me rassurer. Oh ! je n'oublierai jamais ce jour-
là ! Il me semble encore entendre la
voix si douce et si bonne de maman !
Je vais tâcher de vous raconter notre
conversation. « Tu es bien petite, Rosalie, et pourtant tu as déjà offensé le bon
Dieu ! Les enfants se trompent en pensant que leur âge excuse les fautes qu'ils
commettent chaque jour. Il y a déjà
très-longtemps que tu sais distinguer le
bien du mal : or, chaque fois que tu as
préféré le mal au bien, tu as péché, c'est-

à-dire offensé Dieu. Cependant l'Église, en bonne mère, ne rend les enfants responsables de leurs fautes qu'à partir de sept ans, c'est pourquoi on appelle cet âge, l'*âge de raison*. Jusqu'ici, ma chère petite fille, je me suis contentée de te porter au bien, de te recommander l'obéissance, maintenant il faut que tu écoutes ta conscience et que tu lui obéisses. »

— « Qu'est-ce que c'est au juste, maman, que la conscience? »

— « C'est la connaissance certaine qu'on a d'avoir bien ou mal agi : par exemple, Rosalie, on laisse une petite fille apprenant sa leçon ! Aussitôt que cette enfant est seule, elle court à la fenêtre ou souffle le feu ! Crois-tu qu'elle ait besoin d'aller consulter quel-

qu'un pour savoir si elle s'est bien conduite? »

— « Non, non, cette petite fille c'est
moi. Mais maman, je vais vous dire :
il me semble qu'il y a en moi quelqu'un
qui me conseille de m'amuser, et puis
un autre quelqu'un qui me conseille
d'être sage. Alors... je suis très-embar-
rassée... »

— « Tu n'es pas embarrassée, Rosalie,
tu sais très-bien que le temps de l'étude
n'est pas celui de la récréation ! »

— « C'est vrai, maman ! »

— « Le démon te conseille d'être
paresseuse, et ton bon ange te conseille d'être sage pour plaire à Dieu et
à tes parents. Maintenant examinons ta
conscience. Tu n'as pas de secret pour
moi ? »

— « Oh ! non maman, je vous dirai

tout, tout, seulement j'ai besoin de
vous consulter. »

— « Suis-je très-désobéissante? »

— « Non, pas précisément; mais, ma
chère petite fille, il ne faut pas l'être du
tout. L'obéissance c'est la vertu par excel-
lence. Quand une mère voit son enfant
lui obéir fidèlement, elle est sûre d'être
récompensée de ses soins un jour ou
l'autre, quels que soient d'ailleurs les
défauts de cette enfant. »

— « Maman, la paresse, est-ce un
grand défaut ? »

— « Oui, Rosalie, on l'appelle péché
capital, c'est-à-dire un des plus grands
péchés. »

— « Quand on est petite, maman? »

— « Peu importe la taille : les enfants
paresseux offensent Dieu et les grandes personnes paresseuses l'offensent

aussi ; les devoirs sont différents, mais la faute est commise des deux côtés.

« Un enfant paresseux n'est pas estimé de ceux qui l'entourent ; sa présence attriste, il faut sans cesse lui rappeler ses devoirs ou lui reprocher la négligence avec laquelle il les accomplit ; lui-même n'est pas heureux. Enfin, Rosalie, la paresse conduit à beaucoup d'autres défauts. »

— « Alors, maman, je ne veux plus être paresseuse du tout. »

— « Allons, mon enfant, consulte les souvenirs de ta conscience, ne trouves-tu rien dans ton petit passé ? »

— « Oh! oui, je trouve, ma chère maman, « dis-je en me mettant à genoux et en fondant en larmes..., » ce vilain mensonge de la fenêtre, c'est un vrai péché, n'est-ce pas ? »

—· « Oui, mon enfant; mais tu t'en repens, et Dieu te le pardonne. »

— « Maman, je n'ai pas menti depuis ce jour-là. »

— « Je le crois ; je t'ai observée avec soin, et j'ai la certitude que tu es sincère. »

— « Maman, je crois que c'est tout. »

— « Nous allons chercher ensemble, » dit maman en me relevant. « Ce sont les mères qui apprennent aux enfants à se connaître, et cette connaissance est indispensable pour bien servir Dieu. »

— « Je veux bien me connaître, » répondis-je en essuyant mes yeux et en prenant courage.

— « Nous devons haïr tous les défauts, puisqu'ils sont la source de nos offenses envers Dieu. Cependant, tu comprends qu'il y en a de plus grands que d'au-

7

tres. De ce nombre sont : l'orgueil, la gourmandise, l'envie, la colère, la jalousie et la curiosité, sans oublier la paresse et le mensonge dont nous avons déjà parlé. »

— « Que de péchés, maman ! C'est effrayant. »

— « La plupart de ces péchés, Rosalie, sont commis par les enfants : la gourmandise, par exemple. »

— « Oui, maman, un peu. »

— « En général, on traite ce défaut trop légèrement. On devrait au contraire le combattre dès qu'il paraît, comme étant un des plus vilains et des plus dangereux qu'on puisse trouver chez les enfants. »

— « Et la colère? »

— « Oh ! ma chère maman, vous ne pouvez pas vous figurer comme j'ai

honte, lorsque cela m'arrive; mais je
ne bats plus ma bonne ! »

— « Je me figure très-bien ta honte,
mon enfant, et je la partage. Heureusement que tu te corriges sensiblement de
ce défaut stupide, et bientôt, je l'espère,
il n'en sera plus question. »

— « La curiosité, voilà un défaut
bien dangereux et trop commun chez
les enfants. »

— « Je ne le croyais pas, maman ! »

— « Tu te trompes ; c'est un défaut qui
cause la perte de beaucoup d'enfants.
Ne cherche jamais à savoir ce qu'on ne
veut pas te dire et applique-toi à être
indifférente à tout ce qui ne te regarde
pas. »

— « Maman, qu'est-ce que c'est que
l'envie? »

— « Ma petite fille, c'est le déplaisir qu'on éprouve du bien qu'on voit arriver aux autres. Il y a des enfants qui ne peuvent supporter que leurs camarades aient un avantage ou un plaisir qu'ils ne partagent pas. Ce qu'ils possèdent leur devient indifférent; c'est le bien d'autrui qu'ils désirent. Croirais-tu qu'on a vu des enfants mourir de cet affreux défaut ? »

— « Je ne crois pas que je meure de ça, maman. »

— « Dieu merci, rien ne l'annonce. »

— « J'ai connu une petite fille tellement jalouse (la jalousie est aussi une espèce d'envie) qu'elle poussait des cris de désespoir, lorsque sa maman caressait un petit chien. A table, elle observait à qui revenait la moitié la plus grosse d'une pomme partagée entre elle et son petit frère. »

— « Maman, je ne suis pas jalouse; Marguerite l'a dit. »

— « Rosalie, il y a une faute sur laquelle les enfants se font illusion. N'as-tu jamais rien pris dans une certaine armoire de l'office? »

— « Oui, maman. »

— « C'est mal, ma fille; tu ne dois rien prendre sans ma permission. »

— « Maman, j'ai pris quelquefois des pruneaux; je n'en prendrai plus, je vous le promets. »

— « C'est bien. »

— « Est-ce que les enfants ont de l'orgueil? »

— « Les enfants *ont de tout*, et voilà pourquoi leurs parents s'appliquent à les corriger dès le bas âge. »

— « Ma chère maman, je vous avoue que je suis étonnée de me trouver tant de *choses ;* je ne me croyais pas si méchante ! »

— « Dieu, » dit maman en voyant ma confusion, « nous aime comme un père ; il sait combien nous sommes faibles et imparfaits, voilà pourquoi, Rosalie, il a établi la confession au moyen de laquelle nous obtenons notre pardon, pourvu que nous ayons le regret de l'avoir offensé. »

— « Oh ! je me repens de tout mon cœur, maman. »

— « Eh bien, tu te corrigeras, si chaque jour tu renouvelles tes bonnes résolutions. Les orgueilleux seuls se découragent, parce que, ne comptant que sur eux-mêmes pour se corriger, ils n'y parviennent jamais. »

— « Maman, je voudrais savoir si j'ai de l'orgueil. »

— « Non : cependant tu n'es pas, conviens-en, sans avoir une certaine satisfaction de toi-même, tu parais te trouver à ton goût, tu t'écoutes avec plaisir. Tout cela constitue ce qu'on appelle l'amour-propre, c'est le défaut dont nous devons le plus nous méfier. »

— « C'est vrai, maman, que je me trouve très-gentille... mais... tout le monde le dit. »

— « Il appartient aux autres de te trouver aimable, de remarquer tes bonnes qualités, car c'est surtout cela qui fait la gentillesse d'une petite fille ; toi, chère enfant, tu dois toujours avoir l'œil ouvert sur tes imperfections : alors je t'assure que tu seras moins enchantée de ta personne. »

— « Que c'est difficile de trouver tout cela ! Jamais je n'en serais venue à bout toute seule. »

— « Sans doute, il y a beaucoup de points sur lesquels il est nécessaire d'éclairer les enfants. Pourtant, Rosalie, quand on a l'âge de raison, on sait bien si on aime ses parents, si... »

— « Ah ! pour le coup, maman, vous ne trouverez pas de péchés là-dedans ! Je vous aime, je vous aime de tout mon cœur, papa aussi, bonne maman, Alphonse et Marie. Si je vous fais de la peine quelquefois, c'est par étourderie. Mais, tenez, je suis tout à fait décidée à être sage, je ne jouerai plus de mauvais tours à ma bonne, je serai obéissante, et je ne serai plus si bavarde, n'est-ce pas, maman ? »

— « Je l'espère et je demanderai à

Dieu de bénir tes résolutions, afin que tu deviennes tout à fait bonne. »

— « Ah ! oui, bonne, bonne comme vous, » dis-je en me jetant au cou de maman. Elle m'embrassa beaucoup de fois et m'expliqua ensuite comment je devais me confesser le lendemain.

Je l'écoutai avec une grande attention ; cet examen de conscience fait aux genoux de maman revient à ma mémoire chaque fois que je me confesse. Je consulte toujours maman : elle est ma conscience. Je ne comprends pas les petites filles qui agissent autrement ; c'est si commode une maman !

Je restai préoccupée tout le reste du jour. Je fis le brouillon de mes péchés, et puis avec une peine inouïe, vu ma mauvaise écriture, je les copiai sur une belle feuille de papier avec marge et tiret,

7.

ayant pour titre : *Péchés commis par Rosalie H...* Le 14 mars...

Ce fut ma première rédaction. Je la soumis à maman. Le lendemain, je fus très-émue en allant me confesser : je me sentis entrer dans l'âge de raison. Attendez-vous cependant à trouver encore plus d'une sottise dans mes Mémoires, ce qui n'empêche pas qu'à partir de ce grand jour je devins plus attentive sur moi-même. Un mot me rappelait à l'ordre et souvent je me retenais.

CHAPITRE IX.

Qui vient après le huitième.

Mes progrès en sagesse eurent encore cet avantage d'augmenter mon intimité avec Hélène, qui aimait déjà beaucoup le bon Dieu. Je rougis en pensant qu'elle me donnait de bons conseils, tandis que l'exemple aurait dû venir de mon côté.

— « Que tu es heureuse, » me disait Hélène, « d'avoir été à confesse! J'ai encore six mois à attendre. Rosalie, nous serons toujours sages, n'est-ce pas? Nous nous aimerons comme nos mamans s'aiment. Si tu veux, nous ferons chaque matin une petite prière à notre bon ange pour qu'il nous empêche d'être désobéissantes. Je l'aime beaucoup, mon bon ange, et toi? »

— « Mon Dieu, ma chère, » répondis-je, « je t'avoue que je n'y pense jamais. »

— « Vraiment! Que c'est drôle! Mais, Rosalie, c'est le bon Dieu qui nous l'a donné pour nous garder! Ma bonne m'a dit, qu'étant petite, mon ange gardien m'a retenue au bord d'un précipice. Depuis ce temps-là, je dis en ouvrant les yeux : *Mon bon ange, priez pour moi!* Si j'ai peur, je pense à lui et je n'ai plus peur. Quand nous irons au ciel, Rosalie, ce sont nos anges gardiens qui nous présenteront au bon Dieu. »

Hélène avait fait dans sa chambre une petite chapelle. Sa maman lui avait donné deux jolis anges, une Sainte-Vierge, un saint Joseph et tout l'ornement de l'autel. Un de nos plaisirs habituels était de faire et de défaire cette chapelle, d'épousseter, de changer de place les images et surtout d'encenser avec un petit encensoir, dans lequel nous mettions un grain de genièvre que Marguerite allumait (car jamais nous ne touchions au feu), et nous encensions chacune à notre tour.

Je voulus aussi moi avoir une petite chapelle. Maman y consentit en me faisant des conditions de sagesse que j'eus beaucoup de peine à remplir : ma

Sainte-Vierge et deux anges m'ont coûté chacun dix bons points. Je n'ai pas eu les chandeliers à meilleur marché. Saint Joseph à lui seul m'a donné plus de mal que tout le reste : je l'ai gagné et perdu cinq fois de suite. Hélène me dit que je ne l'aurais jamais, s'il ne s'en mêlait lui-même, et que je devais faire une prière matin et soir au bon saint Joseph pour obtenir la grâce d'être sage. Hélène eut encore raison cette fois. Quant à l'encensoir, mon amie m'en fit présent.

Cette chapelle ainsi acquise me devint plus chère de jour en jour. Marguerite, qui a toujours su profiter de l'occasion pour me rendre bonne, me faisait dire ma prière devant ma chapelle, afin d'obtenir plus de recueillement. Je redoublais de zèle pour gagner

des images, car j'apportais là tous mes
trésors. Les jours de fête nous allu-
mions tous les cierges et j'amenais autant de monde que possible pour admirer mon petit sanctuaire.

Avec les années notre dévotion s'est
accrue et notre chapelle en est le témoignage : je ne pense pas qu'il y ait
beaucoup de petites filles qui puissent
rivaliser avec nous pendant le mois de
Marie : chez Hélène comme à la maison,
c'est dans la chapelle des enfants qu'on
se réunit pour l'exercice du mois de
Marie. Nous suffisons à force de bons
points, et aussi peut-être à force d'indulgence de nos mamans, à l'entretien
des fleurs et du luminaire.

J'anticipe sur l'avenir et je vous annonce, mon cher lecteur, que cette
année il y aura un superbe arbre de

Noël placé devant l'autel. Bonne maman
n'a pas pu s'empêcher de me dire
qu'elle achèterait un beau petit Jésus
qui ouvrira et fermera les yeux. C'est
une surprise pour Emmanuel. Le secret
m'a été confié hier, je ne l'ai dit à personne; mais je crois en bonne conscience qu'il m'est bien permis de me
le dire à moi-même. Ce n'est point une
indiscrétion, et j'éprouve un soulage-
ment incroyable à placer quelque part
une pareille confidence.

J'aime beaucoup ce jour de Noël,
cher lecteur, je le préfère même au jour
de l'an : il me semble que le bon Dieu
est encore meilleur tout petit. Marguerite m'a raconté tant de fois la nuit de
Noël que je crois y assister. Le soir
avant de m'endormir je ferme les yeux,
je me figure être dans l'étable de Beth-

léem, je vois le pauvre petit Jésus, la
Sainte-Vierge, le bon saint Joseph,
l'âne, le bœuf; puis arrivent les mages,
j'entends les anges chanter et moi-même
je chante un Noël que Marguerite m'a
appris, et je me sens le cœur tout
joyeux.

Notre arbre sera superbe. Cet usage
nous vient d'Allemagne, comme vous
le savez peut-être. Certainement, c'est
une bonne idée d'avoir choisi le jour de
la naissance de notre Sauveur pour se
réjouir, se faire plaisir les uns aux autres; le croirez-vous? je regrette
de ne plus mettre mon soulier dans
la cheminée, pour que le petit Jésus
y dépose son cadeau de Noël. Ah!
pardonnez-moi cet enfantillage! mon
soulier était si petit la première fois que
je l'ai mis dans la cheminée! Je croyais

vraiment que le présent qu'il con-
tiendrait me viendrait du Ciel ! Je faisais
de vains efforts pour éloigner le sommeil
de mes yeux, dans l'espérance de voir
l'Enfant Jésus m'apporter une surprise,
et dès le point du jour je me consolais
d'avoir dormi en courant à la cheminée
chercher mon soulier. Pendant trois
ans de suite, j'ai trouvé des bonbons,
des joujoux, mais mon soulier étant
devenu assez grand pour contenir un
alphabet, il fallut me décider à apprendre à lire.

Chaque année, Noël m'a apporté
sous forme de présent une leçon
dont j'ai profité avec le secours de
maman et de ma marraine, et, si vous
voulez savoir le fond de ma pensée, je
crois que l'Enfant Jésus ne serait pas du
tout embarrassé pour mettre quelque

chose d'utile dans le soulier d'une demoiselle de dix ans.

De pareils souvenirs, j'en suis sûre,
trouvent un écho dans le cœur de mes
contemporaines. L'arbre de bonne maman sera illuminé par soixante-cinq petites bougies, qui se réflèteront dans autant de petites boules de couleur.

Tout le monde sera content, car
bonne maman m'a consultée pour les
cadeaux, excepté pour le mien, et je dois
convenir que j'ai beaucoup d'idées pour
les surprises ; aussi, quand je serai
grande, j'en ferai souvent. . . . .

. . . .

Je suis sous le coup d'une véritable
déception : ma marraine, vous le savez,
est après maman mon guide le plus sûr,
et dans l'entreprise de mes Mémoires
c'est elle seule qui me dirige ; ce qui, soit

dit en passant, me semble très-étrange,
vu que jusqu'ici je n'avais pas eu de
secret pour maman.

Eh bien, elle vient de me surprendre
en pleine inspiration. Je comptais sur
des éloges qui me semblaient vraiment
bien mérités! Marie prend mon ca-
hier, le parcourt et me dit tranquillement : « Ma chère auteur, tu ne peux pas
raconter de pareils enfantillages tout au
long. Sans doute il fallait te faire connaître au lecteur dès l'âge le plus tendre;
mais tu ne peux pas avoir la prétention
de l'intéresser en racontant par le menu
cinq années de ta vie! Il faut faire
preuve de talent en choisissant bien les
événements qui ont rempli ta petite vie,
et il y en a d'intéressants. »

Ce conseil me paraît fort extraordinaire. Je croyais ma conscience enga-

gée pour ainsi dire à raconter fidèlement ma vie ; et, malgré ma confiance en
ma sœur aînée, je ne suis pas encore
sûre de ne pas faire tort à mon pro-
chain en usant de discrétion à son
égard, puisque, comme le dit ma sœur,
les Mémoires d'une petite fille doivent
être un miroir dans lequel toutes les autres peuvent, en y donnant un coup d'œil
attentif, voir leur physionomie passée et
présente. Je ne suis pas entêtée, je me
rends aux conseils de ma marraine ; il en
arrivera ce qui pourra. Mais je déclare ici
formellement qu'une pareille concession
me coûte, et que j'aurais été heureuse
de tout dire.

Maintenant il s'agit de réfléchir, pour
justifier la bonne opinion que ma marraine veut bien avoir de moi.

CHAPITRE X.

Où l'on pleurera.

Puisque Marie le veut, je ne m'arrêterai pas à ces journées, dont chacune
pourtant était marquée par une joie :
courir après les papillons, aider Emmanuel à lancer un cerf-volant, faire de la
pâtisserie anglaise avec du sable fin,
construire une maison de cartes, y pla-

cer de petites bougies à l'intérieur, faire
des balances avec des coquilles de noix,
des bagues en perles pour les amis de la
maison, des paniers en pépins de me-
lons, suspendre à mes oreilles et à celles
de mon frère des cerises dont l'incarnat
rivalisait avec les rubis, aller dîner en
ville avec ma poupée, sortir avec bonne
maman pour faire des visites ou des em-
plettes, exercer les grâces de Karagheuss,
exciter la fureur de Griffette en lui atta-
chant un morceau de papier à la queue;
et tout cela de moitié avec Emmanuel.
Eh bien, oui, je saute fièrement à pieds
joints par-dessus ces heureux temps,
et puisqu'il ne faut pas rire, je vais vous
faire pleurer.

Si le lecteur m'a suivie avec attention,
il sait comme moi que j'étais une heureuse petite fille. Ah! oui, bien heureuse,

surtout à mesure que je devenais sage.
Étant délivrée de cette vilaine paresse,
je faisais tranquillement mes leçons :
plus de larmes, plus de punitions. Souvent des réprimandes douces et tendres.
Mes efforts étaient récompensés et mes
fautes jugées avec indulgence. Mon intimité avec Hélène n'a pas peu contribué
à mon avancement. Vous le comprenez,
deux petites méchantes s'animent à la
malice, et deux amies raisonnables se
donnent de bons conseils. Grâce au voisinage, nous étudiions souvent ensemble. Alors tout devenait facile.

Oh ! oh ! je me suis un peu éloignée
de mon sujet ; rattrapons-le vite, cher
lecteur !

J'étais donc enchantée d'être au
monde, et je ne prévoyais rien qui pût
diminuer mon enchantement.

8

Cependant un matin je m'éveillai sans gaîté. Le soleil eut beau répandre ses rayons dans la chambre dès que Marguerite ouvrit les fenêtres, je restai insensible à l'espoir d'une belle journée d'avril. Je me disposais à me lever, lorsque Marguerite, qui voit comme une mère, me dit :

— « Est-ce que vous avez encore envie de dormir, Rosalie? »

— « Ma bonne, je ne sais pas ce que j'ai aujourd'hui. »

— « Eh bien ; mon petit ange (c'est ainsi qu'elle nous appelait quand nous étions malades), il faut rester tranquille. »

J'obéis sans peine et sans plaisir.

C'est étonnant, cher lecteur, comme la moindre indisposition change les idées, ou plutôt les ôte! J'étais là dans mon lit, ne pensant à rien, ne désirant rien, ayant à peine le courage de faire ma prière avec ma Marguerite.

Emmanuel, qui était venu me chercher pour aller chez maman, fut bien étonné de me trouver au lit, ne disant mot.

— « N'aie pas peur, Rosalie, si tu es malade, je te soignerai... Mais non, tu ne le seras pas, n'est-ce pas, Marguerite? »

Et mon brave garde-malade se mit à pleurer de tout son cœur.

Ma bonne le raisonna cependant si bien, qu'il finit par se décider à aller dire bonjour tout seul et à descendre ensuite pour manger sa soupe.

Maman ne tarda pas à venir. Elle me trouva brûlante ; elle me questionna et

fit ce qu'on appelle des ordonnances de
maman; ce qui n'empêcha pas le médecin de venir me voir dans la journée.
Je commençais, selon toute apparence,
une maladie. Ah! mon cher lecteur,
ce n'est pas amusant d'être malade! A
mon babil continuel succéda un silence
effrayant. J'avais de grandes douleurs
dans la tête et mal à la gorge. On regardait plusieurs fois le jour dans cette
gorge, ce qui m'ennuyait beaucoup; à
peine pouvais-je avaler quelques cuil-
lerées d'excellent sirop.

Maman et Marguerite ne me quit-
taient ni jour ni nuit. Quelle bonté!
Même lorsque j'étais insupportable.
Quels discours me faisait maman pour
m'engager à accepter un nouveau re-
mède! Elle me racontait des histoires
de petites filles qui sont mortes par

suite de leur bêtise et de leur entêtement. Ces histoires-là ne sont pas des
contes.

Comment vous dire, cher lecteur,
l'effroi que m'inspira la vue de quatre
sangsues que maman voulut poser à
mon cou? Je me révoltai et mes larmes
augmentèrent ma souffrance.

Après beaucoup de paroles douces,
maman se fâcha : elle me dit que j'étais
sans courage, que le bon Dieu saurait
bien me forcer à souffrir, qu'il y avait
de pauvres enfants qui seraient bien
contents d'avoir leur mère près d'eux
et que par reconnaissance ils se laisse-
raient faire tout ce que le médecin
ordonnerait ; qu'il y en avait d'autres
qui aimaient déjà assez le bon Dieu
pour accepter généreusement la souffrance, au lieu d'avoir la honte qu'on

8.

les soignât de force. Car, ajouta maman,
on en vient toujours là.

Une heure se passa à vouloir et à ne
pas vouloir; maman prenait et repre-
nait ces horribles petites bêtes avec une
patience que sa tendresse pour moi
pouvait seule lui donner. Enfin, faisant
un effort considérable, je dis à maman
qu'il ne fallait plus m'écouter et me
mettre les sangsues.

Je suis persuadée que les gens auxquels on va couper le cou ne sont pas
plus tremblants que je ne l'étais ; mais
grâce à *un fort souvenez-vous* que je dis
en moi-même, je me laissai faire et je
dois avouer au lecteur malade ou bien
portant, que ces piqûres tant redoutées
me causèrent infiniment moins de mal
que les craintes et la résistance que
j'avais témoignées.

Toutes mes répugnances diminuèrent sensiblement; je le dis à maman qui m'assura que le plus petit sacrifice fait à Dieu était toujours ainsi récompensé. A partir de ce moment mes idées s'embrouillèrent. Je me voyais l'objet des soins les plus tendres; mes parents se succédaient au chevet de mon lit. Maman ne s'en allait jamais.

Je comprenais très-bien que ma vie était en danger; non-seulement à cause de la contenance de mes garde-malades, mais aussi parce que je souffrais beaucoup.

Un jour je dis à ma bonne : « Margoton, je vais mourir. Cela fera beaucoup de peine à tout le monde. Moi, j'aimerais mieux rester encore avec mes parents ; mais je sais que les enfants sont très-heureux au Ciel, que je verrai le bon

Dieu, la Sainte-Vierge et les Anges : il y a bien de quoi me consoler, n'est-ce pas, Margoton? Surtout ne va pas dire cela à maman. »

— « Sois tranquille, » dit ma bonne, « que la sainte volonté de Dieu soit faite sur la terre comme au ciel! Mon petit ange, Notre Dame d'Auray écoutera mes prières; je suis de ce pays-là, elle me connaît et jamais je n'ai perdu mon temps en lui demandant de m'obtenir une grâce. »

L'inquiétude allait toujours croissant. Papa et maman me considéraient comme prête à échapper à leur amour. Ils ne songeaient plus qu'à mon âme, qui pouvait d'un moment à l'autre paraître devant Dieu.

Un matin, maman m'ayant trouvée plus calme qu'à l'ordinaire, me dit :

« Ma chère petite fille, tu es devenue si patiente et si douce avec la maladie, que ton papa et moi voulons te procurer le bonheur de recevoir Notre-Seigneur Jésus-Christ dans ton cœur. Tu as huit ans et demi, tu es assez instruite pour ton âge et il nous semble que tu mérites une pareille faveur, ma petite Rosalie. »

Maman se pencha pour mieux entendre ma réponse. Je passai alors mes bras autour de son cou, je l'embrassai et je lui dis que j'étais très-surprise et très-contente. « Bien sûr, » ajoutais-je avec une certaine vivacité, « le bon Dieu me guérira, car il aime les petits enfants! »

Dès le lendemain mon confesseur vint m'instruire et me disposer à recevoir Notre-Seigneur. Le désir d'obtenir l'immense récompense qu'on me promettait suppléait à ma faiblesse. Il fut décidé que dès le lendemain on me donnerait le pain des Anges, comme disait toujours Marguerite.

La nuit qui précéda ce jour solennel fut calme. En ouvrant les yeux, je trouvai la chambre parée et ornée de fleurs : le petit autel était placé devant mon lit, il y avait un air de fête autour de moi qui me fit douter si j'étais éveillée. Maman et Marguerite firent ma toilette avec précaution ; on me mit sur la tête le voile que je portais le jour de mon baptême et ma bonne suspendit à mon cou la médaille de sainte Anne d'Auray; après quelques instants de repos, maman fit la prière, puis elle me bénit. Papa et bonne maman vinrent; ils me bénirent aussi. Ensuite Marie,

Alphonse, Emmanuel et ma chère Hélène s'agenouillèrent au pied de mon lit. Ils tenaient de beaux cierges qu'on alluma ainsi que ceux de mon autel.

M. l'abbé entra. Le cœur me battait très-fort. Je me sentis rougir ; mais à peine M. l'abbé m'eut-il parlé du bonheur d'un petit enfant qui reçoit Dieu dans son cœur, de la joie des Anges qui priaient pour moi, de la Sainte-Vierge qui me recommandait à son Fils bien-aimé, que je devins tranquille.

Au moment de recevoir Notre-Seigneur, maman mit dans ma main, que la sienne soutenait, un petit cierge, et je reçus avec respect et avec joie mon Sauveur.

Tout le monde se retira bientôt, excepté papa et maman qui restèrent longtemps à genoux près de mon lit.

La journée fut bonne : maman me fit dire quelques prières et m'entretint de la grâce que Dieu m'avait faite.

Je devins calme ; je dis à Marguerite que j'étais sûre que le bon Dieu allait me guérir, que je n'avais plus peur de mourir.

Je fus cependant encore dangereusement malade plus de quinze jours. Papa et maman passaient la nuit auprès de moi, laissant à peine la pauvre Marguerite partager leurs soins.

Je suis persuadée que les prières de ma bonne ont contribué beaucoup à ma guérison. Elle ne quittait plus son chapelet et, lorsque je remarquais son absence, maman me disait qu'elle était allée à l'église prier pour la petite malade.

Il arriva un jour où je m'éveillai ne

souffrant plus du tout. J'appelai maman
d'une voix ferme qui la fit tressaillir de
joie. Je me soulevai sans aide pour
l'embrasser, en disant que j'étais bien
contente.

A ces mots, Marguerite pleure et rit :
sa neuvaine à sainte Anne d'Auray avait
fini le matin même; et c'était *sûr et
certain* que j'étais guérie ! Il fallut mo-
dérer la joie de Margoton ; car, malgré
le mieux sensible que j'éprouvais, la
moindre émotion pouvait me donner
un redoublement de fièvre.

Marguerite eut raison. A partir de ce
jour j'entrai en convalescence. Cette convalescence fut longue, mais pas trop
pour me faire apprécier la tendresse de
mes parents. Que de soins ! que de
précautions ! Maman devinait tout ! Malgré la fatigue des veilles et de l'inquié-

9

tude qu'elle avait éprouvée, elle était gaie, savait me distraire et m'intéresser mieux que personne.

J'avais considérablement grandi pendant cette longue maladie. J'étais maigre à faire peur à tout le monde, excepté à mes chers parents et à Marguerite; laquelle m'embrassait les pieds et les mains dix fois par jour pour se rattraper. Marie était bien bonne. Elle travaillait des heures entières auprès de moi pour ma poupée. Alphonse n'eût pas mieux demandé que de passer ses jours de congé dans ma chambre, mais maman le trouvait trop bruyant. Emmanuel avait ses entrées libres. Il était tout fier de me voir assise dans son petit fauteuil. Ma grande taille surprenait beaucoup ce cher petit. Nous avions imaginé à ce sujet une plaisanterie qui dura tout le temps de ma convalescence : chaque matin, Emmanuel empruntait le langage du petit Chaperon rouge en m'abordant : « Oh ! ma grand'mère, que vous avez de grands yeux ! Oh ! ma grand'mère que vous avez de grands bras ! » et le dénoûment était un bruyant : « C'est pour mieux t'embrasser, mon enfant, » qui faisait notre joie et celle de la société.

Une petite fille de dix ans, a, je le sais, bien peu d'autorité. Cependant je suis en droit de vous dire que cette maladie n'a pas seulement contribué à la croissance de mon corps, mais aussi à celle de ma raison. Je ne parle pas de ces jours de fièvre brûlante pendant lesquels j'étais absorbée.

Si je souffrais comme un enfant, avec plus ou moins de patience, à mesure que la santé me revenait, je considérais ce qui se passait autour de moi. Jusqu'alors, je suis bien aise de l'avouer, j'avais vécu comme une petite égoïste, c'est-à-dire ne pensant qu'à ma chère personne, recevant les soins de maman et de Marguerite comme m'étant dus et sans autre reconnaissance que celle d'une satisfaction du moment. Ah! mon cher lecteur, que cette maladie m'a été utile! n'ayez pas peur d'être malade, je vous en prie! Depuis le jour de ma convalescence, j'ai vu avec d'autres yeux, j'ai aimé avec un autre cœur. Cher papa! chère maman! bonne Margoton! vous tous de la famille et de la maison, que vous avez été patients avec Rosette! Elle s'en souviendra toute la vie. Vous verrez!

Maman ne passait pas un jour sans

me parler de Dieu et de la grande faveur
que m'avait value ma maladie. Comme
nous causions bien ! Je me sentais
grandir en sagesse sous le regard de
maman.

Un jour je lui dis qu'il me tardait
d'avoir toutes mes forces pour reprendre mes études et prouver à Dieu ainsi
qu'à elle ma reconnaissance et mon
amour par une obéissance sans bor-
nes. Maman sourit et m'assura que dès
à présent je pouvais réaliser mes bonnes
intentions, en me soumettant génèreu-
sement aux petits soins qu'exigeait encore ma convalescence, en acceptant
avec résignation les privations auxquelles j'étais soumise. Je compris ce
langage nouveau et je commençai
à prendre un certain empire sur ma
volonté. Vous trouvez peut-être que

je me suis trop étendue dans ce chapitre : ayez la complaisance de réfléchir quelques instants, je ne doute pas que vous ne changiez de sentiment. Cette maladie a été l'événement le plus important et le plus heureux de ma vie. C'eût été étourderie et ingratitude de ne pas m'y arrêter. D'ailleurs, les joues les plus roses pouvant se flétrir du jour au lendemain, il n'est pas absolument inutile de se demander en bonne santé comment on supporterait la maladie. Il me tarde de reprendre mon vol, et, si le lecteur veut me suivre, il sera récompensé d'avoir été renfermé si longtemps.

CHAPITRE XI.

Qui n'est pas sans intérêt.

Si le lecteur a été malade une seule fois dans sa vie, il connaît le bonheur avec lequel on revient à la santé. Je ne parle pas du temps de la convalescence, qui rappelle encore trop celui de la maladie, mais de ces jours heu-

reux où rien ne fait mal : on s'éveille
content, sans savoir pourquoi, et tout
est plaisir !

J'étais si heureuse de ne plus souffrir, que j'y pensais toujours. Suivant
le conseil de Marguerite, j'en remerciais
Dieu matin et soir. Et puis... et puis...
mon bonheur devint une habitude.

J'avais tellement grandi pendant ma
maladie, qu'il fallut modifier ma mise
de petite fille : une robe longue fit justice de mes grandes jambes, et mes cheveux furent rasés.

Je fus si sotte en cette circonstance,
que je veux vous dire pourquoi et comment.

Maman m'ayant annoncé que le
coiffeur allait me raser, je me mis à
pleurer. Maman crut d'abord que j'é-
tais effrayée de l'opération. Elle s'em-

pressa de me rassurer et crut m'avoir convaincue, en voyant que je me laissais faire sans mot dire. Le coiffeur étant parti, et mes larmes coulant de nouveau, maman pensa alors que j'attachais trop de prix à ma chevelure; elle me parla sévèrement, ce qui redoubla mes pleurs. Enfin, dans un moment de calme, je dis que ce n'était pas par coquetterie que je pleurais..... Après une vingtaine de pourquoi, tant de maman que de Marguerite, je finis par avouer que j'étais vexée de n'avoir plus de cheveux..... tandis que ma poupée avait une perruque magnifique. Par bonheur pour ma bonne, je terminai cet aveu en éclatant de rire; autrement, j'aurais eu de la peine à lui pardonner le fou rire dont elle fut prise. Je vis en cette occasion la différence qu'il y a entre

9.

une maman et la meilleure Marguerite :
ma chère maman eut pitié de mon enfantillage, elle me prit sur ses genoux,
me plaisanta si doucement, si gaiement,
que je finis par avoir conscience de ma
sottise, et je ne comprenais plus comment, après avoir donné des preuves de
raison, j'avais pu me créer un chagrin
semblable. Me voyant si bien consolée,
maman me proposa de tondre Mᵘᵉ Lo-
otte, qui avait vraiment l'air de narguer sa pauvre maîtresse. « Non, non, »
m'écriai-je, « laissons-la faire la belle jusqu'au moment où mes boucles reparaî-
tront, et alors je promènerai d'une
main ferme mes ciseaux anglais sur sa
tête, pour mieux lui faire comprendre la
vanité des choses de ce monde. »

Si vous me demandez comment une
idée semblable a pu passer dans la tête

d'une petite fille, je vous dirai que je
n'en sais rien, mais qu'elle y a passé.

Voici un événement qui a plus d'importance : ·

J'étais si grande et si maigre, que
papa et maman restaient inquiets de ma
santé, quoiqu'ils fussent témoins plusieurs fois par jour de la dextérité avec
laquelle j'absorbais des aliments choisis
et préparés à heure fixe par ma chère
bonne. Il n'était plus question d'étude.
Nous allions partir pour la campagne,
lorsqu'une dame polonaise, grande
amie de maman, se rendant à Ems,
passa par Paris, tout exprès pour nous
voir. La comtesse Anna dit à maman
qu'elle ne pouvait quitter si vite une
amie qui avait fait plus de six cents
lieues pour venir la trouver, que le
moyen de tout arranger était de faire le

voyage d'Ems ensemble. « L'air des montagnes, les courses à âne, » disait cette aimable femme, « fortifieront votre petite Rosalie encore mieux que l'air de la Touraine. Et puis, chère amie, » ajoutait-elle d'une voix qui était presque de la musique, « quel bonheur de passer plusieurs semaines ensemble dans un beau pays ! Ems est un lieu calme ; les gens du monde s'y donnent des peines inutiles pour établir leurs lois. A dix heures, les retardataires s'insurgent contre l'obscurité des rues et le silence des bourgeois. Nous habiterons une de ces petites maisons pour lesquelles le propriétaire ne fait d'autres frais qu'une extrême propreté, se bornant à ouvrir la fenêtre pour faire admirer le paysage, chaque fois qu'il est question d'ameublement. » Je respirais à peine pendant

cette intéressante conversation. Maman
réfléchissait, ce qui ne me plaisait guère.
Oh! que j'aurais bien vite dit : Oui.
Au lieu de cela, maman répondit tran-
quillement : « Nous verrons, chère
Anna. »

Cette espérance de voyage à l'étran-
ger devint l'unique objet de mes pensées. J'entretenais sans cesse Marie de
mes craintes, lui demandant trente fois
par jour, si elle croyait que nous irions
à Ems. Je la quittais pour aller consulter Marguerite dont les oracles me paraissaient plus sûrs.

Ah! qu'il y a de beaux jours dans
la vie! Un matin, le 1er juillet, à 9 heures
un quart, maman me dit tout d'un coup:
« Rosette, veux-tu venir à Ems? »

Ma réponse fut un bond sur les genoux de maman ; je l'embrassai si fort

qu'elle faillit se fâcher. Je me calmai
bien vite, lui promettant une sagesse
sans pareille.

A partir de ce moment, les journées
me parurent d'une longueur extraordinaire. Pourtant j'étais bien occupée.
Je suivais Marguerite partout, j'assistais
aux préparatifs de voyage ; je montais
et je descendais, je parlais sans cesse.

Quelle émotion délicieuse j'éprouvai
en voyant emballer mes effets ! et lorsqu'on apporta un chapeau de voyage
orné d'un voile bleu, je ne pus me dissimuler mon importance. Je dis tout au
cher lecteur, sans craindre qu'il se
moque de moi. S'il n'a jamais voyagé,
il le désire certainement. Quelle est la
petite fille qui n'a pas un battement de
cœur en entendant dire : Nous partirons
demain, après-demain ? Ma joie était

complète, car tout le monde était du
voyage. Alphonse seul devait nous rejoindre un peu plus tard à cause de ce
collége qui arrête tout! Je me trompe
en disant que ma joie était complète :
Karagheuss, Griffette et une paire de
tourterelles devaient garder la maison.
J'essayai de plaider leur cause, mais fai-
blement, ma tendresse pour eux ne m'a-
veuglant pas à ce point de me dissimuler
l'embarras d'une pareille société en
voyage.

Je voulus au moins, avant de quitter
ces chers amis, assurer leur bien-être et
leur adresser quelques paroles de consolation, et prenant Karagheuss sur mes
genoux : « Mon cher ami, je t'assure que
si j'étais ma maîtresse, je t'emmènerais
à Ems ! tes grâces et ta conversation
me manqueront là-bas quels que soient

les plaisirs qui m'y attendent. Je te laisse
à une amie sûre, en bonne maison ; tu
seras bien nourri, bien logé ; on en-
tretiendra tes talents d'agrément et tes
bonnes manières ; on te parlera de
moi souvent, très-souvent. Sois gentil,
laisse-toi peigner et baigner, comme un
chien distingué, ne mords pas les enfants, ne déchire pas les robes et surtout,
mon cher, n'enrage pas ! Tu pleures, Karagheuss ! Eh bien, il faut te le dire :
ce voyage aurait ses ennuis et même ses
humiliations ! Car ne t'imagine pas,
mon cher, que tu serais tranquillement
sur les genoux de ta petite maîtresse,
dormant ou regardant le paysage,
comme tu fais lorsque nous sommes
dans notre berline ! On te mettrait, Karagheuss, dans une société de chiens,
chiens inconnus, la plupart sans édu-

cation, sans cœur; chiens chasseurs, cruels, ne respirant que le sang et *le* carnage. Que deviendrais-tu, mon doux ami ? Tu le vois, papa a raison de te laisser; d'ailleurs nous reviendrons assez à temps pour que tu puisses respirer l'*air* de la campagne. »

« Pour vous, dame Griffette, vous me flattez en faisant ron ron, et en grimpant sur mon épaule; vous n'êtes point d'humeur voyageuse, et votre place est ici. Je conçois que vous regrettiez le chocolat du matin et les parties de balle élastique; mais, ma chère, on a eu soin de faire un proverbe pour votre consolation : *Quand les chats n'y sont pas, les souris dansent.* Allez, ma mie, je ne vous dis que cela ! »

« Oh ! mes chères petites tourterelles, mes petites chéries, que je voudrais vous emporter! Hélas! il ne faut même pas y songer! Restez donc suspendues à votre balcon abrité par ce beau feuillage qui vous rappelle le bois où vous êtes nées. Que vous êtes jolies et gracieuses! Comme vous vous laissez caresser par votre maîtresse! Ah! si vous alliez devenir sauvages en mon absence, je ne m'en consolerais pas! Mais non, vous vous aimez trop pour cela, mes petites belles, et, quand je reviendrai, vous répondrez encore à ma voix. »

Emmanuel applaudissait à mes discours, et j'avoue que ses encouragements ne contribuaient pas peu à développer mon éloquence.

Le temps nous sembla bien long avant d'arriver au jour du départ.

Enfin, le 1ᵉʳ juillet, dès cinq heures du matin, Marguerite nous éveilla; car avec elle il faut que tout se fasse en ordre et tranquillement, il n'y a pas même moyen de retrancher une cuillerée de soupe dans les grandes circonstances pour aller voir ce qui se passe.

Le moment est arrivé, tout le monde est prêt ; les paquets sont sur la voiture, et Marguerite en est tellement chargée elle-même, que papa propose de la mettre au nombre des colis. Ma bonne eut bien vite prouvé la nécessité d'avoir dans la voiture tous ces petits bagages pour les enfants.

On arrive au chemin de fer : nous avions l'air si contents que tout le monde nous regardait. Nous occupions un wagon à nous seuls et tous ceux qui venaient mettre le nez à la portière étaient fort attrapés. Malheureusement bonne maman ne consentit pas à nous laisser mettre dans les coins, de sorte que nous avions beaucoup de peine à voir ce qui se passait au dehors.

On part, à notre grande satisfaction ; papa étale une carte de voyage et m'explique le trajet que nous faisons, ce qui me préoccupait fort peu, mais déjà papa et maman cherchaient en toute occasion à nous instruire.

Jusqu'alors, Emmanuel et moi, nous n'avions fait que de courts voyages en chemin de fer, de sorte que notre enthousiasme tomba au bout de deux heures de prison. Marguerite avait prévu le cas et voulant mettre fin à notre impatience et aux coups de pieds qui se multipliaient sous l'impulsion de la grande vitesse, elle tira d'un panier des cartes, des dominos et un jeu de demandes et de réponses fait par Marie et pour la circonstance. Jugez de notre joie !

Grâce à cet expédient et à la facilité de descendre chaque fois que la chose était possible, nous arrivâmes à Cologne aussi heureux de quitter le wagon, que nous l'avions été d'y monter. On nous transvasa dans un omnibus chargé de nos paquets, et, après avoir traversé beaucoup de rues plus ou moins laides, nous arrivâmes sur un pont de bateaux qui nous raccommoda un peu avec la ville de Cologne : la vue du Rhin, les paquebots fumant de toutes leurs forces en attendant le moment du départ, les clochers dorés par le soleil couchant, tout cela nous parut une magnifique décoration. Notre étonnement s'accrut encore lorsque, arrivés à l'hôtel de Belle-Vue, nous courûmes à la fenêtre ! Emmanuel

me dit d'un grand sérieux : « Ma sœur,
c'est plus beau que dans mon *caléidos-
cope!* » Il fallut nous arracher de la fenêtre pour aller dîner ; mais une fois à
table, l'impression du paysage s'affaiblit
sensiblement.

J'espérais courir, voir du nouveau ;
au lieu de cela, maman annonça que,
devant prendre le bateau à vapeur dès
cinq heures et demie, il fallait coucher
les enfants. Marguerite exécuta cet ordre
avec un empressement qui me blessa.
Et cependant je m'endormis, avant
qu'elle me l'eût recommandé, selon
son habitude ; lorsqu'elle m'éveilla
le lendemain, je n'entendais à rien.
Tous ses discours étaient pour mon
oreiller.

— « Nous allons partir, Rosalie ; on
part. »

— « Eh bien, laisse-moi, ma bonne. »
(*Historique.*)

Marguerite opéra une séparation entre mon oreiller et moi, ouvrit la fenêtre, me débarbouilla, et me promit que rien n'égalerait le plaisir de cette journée. Ce qui me stimula bien autrement, ce fut Emmanuel frappant à la porte et disant avec suffisance : *Les hommes sont prêts.*

Marguerite fut bien obligée de se hâter, et en vingt minutes, bonne, petite fille et paquets étaient descendus.

Marguerite eut vraiment raison de ne pas me laisser à l'hôtel. L'air du matin ayant rafraîchi mes yeux, je compris tout de suite le plaisir que me promettait une pareille journée. Un superbe bateau à vapeur nous attendait; le quai était couvert de voyageurs impatients

de partir, les porteurs allaient et venaient, bousculant tout le monde ; aussi
Marguerite nous tenait ferme, ne nous
permettant pas de franchir le petit coin
où nous étions, en dehors de la foule.
On eut beau sonner pour embar-
quer, elle ne bougeait pas, et lorsque
le calme et l'ordre furent parfaits, ma
bonne se décida à aller rejoindre papa
et maman.

Nous étions comme de petits fous,
voulant tout voir, tout savoir. Bonne
maman et Marguerite auraient volontiers fait de nous de véritables *colis*.
Papa fut plus généreux, il déclara qu'il
se chargeait des enfants.

A peine étions-nous lancés sur le
fleuve, que de belles montagnes s'offrirent à nos regards, puis de jolies prairies, des châteaux perchés en l'air, des

paysans s'arrêtant sur la chaussée pour
voir passer le bateau et les barques que
nous rencontrions, sautant, dansant
malgré elles à cause du soulèvement des
eaux, causé par notre passage. Des va-
ches effrayées se mirent à courir, au
grand désespoir de leur gardien et à
notre grande satisfaction.

Maman, la comtesse Anna et Marie
causaient et admiraient tranquillement
les bords du Rhin, laissant à papa le
soin de nous amuser.

Marguerite tricotait, tout en nous
surveillant; elle ne peut pas s'en empêcher.

Bientôt on étendit une tente pour
garantir les voyageurs d'un soleil brû-
lant; puis on dressa une immense table
qui fut promptement couverte d'une
telle quantité de plats, qu'Emmanuel et

moi nous ne pûmes jamais en faire le compte. Quel plaisir de dîner sur un bateau avec beaucoup de monde, de faire personnage, d'appeler le garçon ! Papa et maman souriaient de notre bonheur. Marie prétendait que j'étais déjà engraissée. À chaque instant, Emmanuel s'écriait : « Rosalie, regarde, regarde vite, un château là-haut ! »

J'étais si fatiguée de me retourner, et Marguerite si mécontente de mes évolutions, que je renonçai au paysage auquel je tournais le dos pour être tout entière à celui qui passait sous mes yeux. Maman m'approuva.

Jusqu'ici les espérances de la journée se réalisaient, lorsqu'un événement terrible survint : arrivés à Andernach, une barque s'approche du bateau pour prendre une bonne paysanne et son petit-fils, âgé de 14 ans à peu près; ce garçon veut entrer dans la barque avec trop d'empressement, le pied lui manque et il disparaît. Des cris horribles avertissent les voyageurs; tous courent à l'extrémité du bateau, si bien, m'a dit Marguerite, que nous avons manqué de chavirer. Des hommes se jettent à l'eau, espérant trouver le petit paysan; hélas! ils ne le trouvèrent pas. La pauvre grand'mère poussait des cris déchirants; on l'entourait, sans savoir que lui dire pour la consoler, et enfin, après une demi-heure d'arrêt, on la mit presque de force dans la barque qui la porta au rivage, où sa fille l'attendait. Nous étions aussi tristes que les grandes personnes et même plus, car nous pleurions de tout notre cœur. On entendait de tous côtés raconter cette triste histoire. Marguerite ne savait plus que faire de nous. « Écoutez, mes petits anges, » disait-elle en essuyant nos yeux, « venez en bas vous coucher sur le sofa ; fatigués comme vous l'êtes, vous dormirez bientôt, et le temps passera. Je resterai auprès de vous, et lorsqu'il y aura quelque chose de joli à voir, je vous le dirai. »

A la grande surprise de Marguerite (je m'en suis aperçue), sa proposition fut goûtée et nous descendîmes le petit escalier avec autant d'empressement que nous en eussions mis à aller faire une partie de quatre coins.

Marguerite improvisa des dodos, et notre sommeil fut si profond qu'il fallut nous éveiller pour débarquer à Coblentz.

CHAPITRE XII.

L'intérêt se soutient.

L'hôtel du Géant, où nous sommes descendus, est un très-bon hôtel ; mais tout le monde y est de taille ordinaire.

J'avais espéré qu'un pareille enseigne nous vaudrait une histoire. Marguerite ne put rien tirer des gens de la maison,

10.

et le guide de papa n'est pas plus sa-
vant.

Il fallut encore se laisser coucher de
bonne heure. L'épreuve fut un peu
adoucie par la pensée que nous touchions au terme de notre voyage et que
Marguerite n'aurait plus de bonnes raisons à donner pour nous faire battre
en retraite en même temps que les
poules. Notre réveil était aussi des plus
matinals. Les volets fermés, les précautions prises n'empêchaient pas
nos yeux de s'ouvrir et notre babil de
commencer. Il faut rendre justice
à ma bonne : jamais elle n'agit dans
notre intérêt; elle ne voit que notre
bien.

Or, dès que la fenêtre fut ouverte,
elle nous appela pour voir le soleil qui
se levait au-dessus de la forteresse

d'Ehrenbreitstein.(Quel nom! j'en dois
l'orthographe à Marie.)

Oh! que c'était beau! Emmanuel qui
a toujours des idées à lui, me dit très-
gravement : « Ma sœur, nous reviendrons ici dans dix ans, et je dessinerai
cette vue, car, Rosalie, on dit que je serai un grand peintre. » Dans son admiration, mon petit frère s'étonnait que
tous les habitants de Coblentz ne fussent
pas aux fenêtres, comme nous.

Ma bonne nous habilla promptement,
nous fit déjeuner et nous emmena promener; comme toujours, elle nous mena
d'abord dans une église, c'était celle de
Saint-Castor.

Notre prière étant faite, nous avons
regardé les tableaux et les tombeaux
d'archevêques. Dans le haut de la ville
on trouve encore l'église de Notre-Dame.

De petits garçons, voyant que nous étions étrangers, nous offrirent leurs services. Marguerite refusa fièrement ; tournant à gauche, à droite avec ses deux enfants, comme une femme du pays.

Nous étions enchantés de cette belle matinée, et pourtant il nous tardait de quitter cette jolie ville de Coblentz.

C'est singulier comme on aime à changer de place, même lorsqu'on se plaît dans un endroit ! Je suis persuadée que le cher lecteur connaît cette disposition. J'ai remarqué aussi que le temps passe très-vite partout. C'est pourquoi nous fûmes agréablement surpris en trouvant la voiture devant la porte de l'hôtel. On finissait de déjeuner. Bonne maman nous donna du thé dans de petites tasses, assurant papa que c'était très-sain en voyage, même pour les enfants.

Le route de Coblentz à Ems est charmante.

Nous avions cru en traversant le pont
et en nous éloignant du Rhin, que nous
ne verrions plus ce beau fleuve qu'à
notre retour. Quelle fut donc notre surprise, lorsque après avoir traversé plusieurs villages, dont j'ai oublié le nom,
et ça m'est bien égal, nous aperçûmes
au tournant d'une montagne notre ami
le Rhin, qui avait l'air de jouer à cache
cache avec nous.

En moins de deux heures nous étions
à Ems. La ville consiste à peu près dans
une grande ligne de jolies maisons. La
Lahn, rivière qui n'est pas fameuse,
sépare la ville. La rive gauche est le
quartier élégant. Nous descendîmes à
l'hôtel de Russie. Papa vint bientôt

nous y chercher pour aller prendre possession d'une charmante maison située de l'autre côté du pont. Ce quartier est tranquille comme la campagne. Toute la société loua le choix de papa. La vue est délicieuse : un large balcon attenant au salon mit le comble à notre contentement; il était orné de fleurs qu'une tente abritait. Cet abri nous fut aussi favorable qu'aux plantes.

Cette première journée fut employée à parcourir la ville. Ce n'est pas long. Le bâtiment le plus important est la maison des bains qu'on appelle Kurhaus. (Il faut prononcer *Kouraaus* et non pas *Curos* comme Marguerite.) Le Kurhaus n'est pas très-beau, il est même très-laid; mais les galeries en sont intéressantes par la diversité des boutiques qu'on y tient pendant la saison des eaux. Les cristaux de Bohême fixèrent notre attention. Papa, touché de notre enthousiasme et de notre discrétion, nous acheta le jour même de petits verres à anses. Celui d'Emmanuel était bleu, le mien rose et celui de ma bonne rouge avec une petite montagne dessus.

Les Tyroliens avec leurs beaux costumes nous plaisaient infiniment. Nous aimions à causer avec eux parce qu'ils tutoyent tout le monde. Emmanuel ne laissa de repos à Marguerite, que lorsqu'elle eut exécuté pour lui un costume tyrolien moitié papier, moitié étoffe.

Les buveurs d'eau se promènent matin et soir sur une terrasse au bord de la rivière. Un excellent orchestre se fait entendre à certaines heures pour charmer les malades et les bien portants. Plus d'une fois nous nous sommes

accordé le plaisir d'une polka frater-
nelle.

Maman et la comtesse Anna pre-
naient les eaux. Nous les accompagnions
souvent le matin pour débarrasser un
peu Marguerite. Nous faisions de toutes
petites leçons afin de ne pas perdre
l'habitude du travail et de mériter par
notre application les récompenses de
nos parents.

Quelle joie c'était de trotter dans les
sentiers de la montagne ! de descendre
et de monter comme des chèvres ! La
vue est si belle qu'on ne sait de quel
côté se retourner : à droite, à gauche,
en face, toujours des montagnes vertes
qui changent vingt fois par jour de
couleur, mais dont l'aspect est toujours
riant. On voit sous ses pieds les maisons se reflétant la tête en bas, dans la

Lahn comme dans un miroir. C'est tout ce qu'on peut dire de cette méchante rivière jaunâtre dans laquelle je ne voudrais pas baigner Karagheuss.

Que vous dirai-je, cher lecteur, des ânes, ces bons amis des enfants? Je crois que les plus beaux ânes du monde sont à Ems. Ils y sont aussi très-nombreux. Dès que vous en demandez un, on vous en offre quinze. « Monsieur, monsieur, prenez celui-ci, il n'y a pas son pareil. » « Monsieur, crie encore plus fort un concurrent, voyez la selle de mon âne! Votre demoiselle sera solide là-dessus! »

Enfin, comme on ne peut pas prendre une douzaine d'ânes pour deux enfants, on a le regret de faire des mécontents. Ces estimables bêtes jouent ici un rôle plus relevé qu'ailleurs : on les attelle à de petites calèches découvertes. Ces voitures furent pour nous la source de grands plaisirs. Dès le lendemain papa en loua une pour nous mener boire du lait à Lendenbach, tout près d'Ems. C'était ravissant : nous allions au grand trot dans des bois sombres. Le cocher enrayait les petites roues de notre équipage et nous descendions au galop. Cavaliers et piétons se rangeaient pour nous laisser passer.

Une fois papa loua trois de ces calèches pour faire une promenade générale. C'était bien drôle de voir de grandes personnes dans ces carrosses de Cendrillon !

Chaque jour nous apportait un nouveau plaisir, à pied ou à âne.

Papa et maman ne s'inquiétaient plus du tout de ma santé. Bonne maman, elle-même, se déclara complétement rassurée.

A Ems, les maisons sont plus utiles la nuit que le jour. On y reste seulement le temps de prendre les repas et de dormir. On se promène presque toute la journée.

Marguerite emportait son ouvrage. Lorsque nous avions trouvé un joli endroit ni trop chaud ni trop froid, tout le monde s'asseyait, maman et son amie causaient. Elles s'aiment tant qu'elles ont toujours quelque chose à se dire. C'est ainsi que nous serons un jour, Hélène et moi.

Nous courions après les papillons, nous faisions des bouquets. Marguerite se laissait couvrir de nos fleurs. Nous en rapportions aussi pour l'église.

Quand ma bonne voulait nous fixer,

comme elle dit, elle nous contait une histoire. Papa venait quelquefois à son secours. Amélie lisait ou dessinait.

Quelle vie agréable ! Pour être juste, je vous dirai que nous étions très-gentils ; tout le monde était d'accord là-dessus. Nous demeurions près de la petite église, et jamais nous n'avons passé un jour sans aller y faire une prière. Maman ayant remarqué qu'il n'y avait pas de lampe devant l'autel, donna de l'argent à monsieur le curé, afin que l'huile ne manquât jamais, au moins pendant quelque temps. Mais comme à partir de midi, on ferme l'église jusqu'à cinq heures, et que le vieux sacristain ne plaisait pas à Marguerite, parce qu'il ne comprenait pas le plus petit mot de français, chaque fois que nous passions devant l'église, ma bonne regardait par le trou

de la serrure, et nous aussi pour voir
si la lampe brûlait.

Je ne vous raconterai pas notre vie
jour par jour, cher lecteur, je crain-
drais de vous ennuyer; et puis, je ne
m'en souviens pas. J'avoue même que
j'ai eu souvent recours à la mémoire de
ma sœur pour l'éclaircissement de plusieurs circonstances ; mais je me souviens très-bien des belles promenades
que nous avons faites en vraie voiture,
et je vais essayer de vous en faire la
description. Toutefois, j'avertis le cher
lecteur qu'il ne serait pas prudent de
prendre ce chapitre de mes Mémoires
pour guide : les ruines, les châteaux,
les montagnes et surtout les noms allemands se sont confondus dans ma mémoire.

Un matin pendant le déjeuner, papa

dit : « Mesdames, si vous êtes disposées
à faire une promenade, je vous propose
d'aller voir les ruines de Nassau et de
Stein. »

Emmanuel et moi étions prêts avant
de savoir si l'on acceptait. On partit.
Cette promenade est très-belle, je ne dis
pas le contraire, mais pour des enfants
c'est un peu sévère. Après avoir eu le
plaisir de monter jusqu'au haut d'une
vieille tour et d'écrire notre nom dans
un registre, il nous tardait de sortir des
chemins sombres et des ruines que tout
le monde admire, et le soleil nous sembla
bla plus beau que jamais lorsque nous
fûmes descendus sur le beau pont de
chaînes.

La promenade d'Ems à Stolzenfels
nous causa un plaisir sans mélange. Je
fus bien surprise, en arrivant à une

petite ville qui se nomme Ober-Lahn-
stein, de voir la Lahn jouer un rôle
en se jetant dans le Rhin et contribuer
à la majesté de ce beau fleuve.

Papa rit beaucoup de mon étonnement et me conseilla de ne jamais juger
à première vue les personnes et les rivières, parce que les unes et les autres
cachent souvent sous de modestes ap-
parences de grandes et nobles qualités,
et pour fixer mes idées par un exemple,
papa ajouta : « Ainsi la Lahn, dans
laquelle mademoiselle Rosalie ne vou-
drait pas baigner M. Karagheuss, prend
sa source dans la forêt de Westerwald et
roule ses eaux à travers des vallées et
des déserts sauvages avec un air de
grandeur imposante (papa appuya sur
ces derniers mots); elle baigne plusieurs villes, parcourt les territoires de

Hesse et de Nassau et est navigable.
Elle contribue à accroître le commerce
du Rhin en apportant de l'intérieur
des cargaisons de fer, de blé, de fa-
rine, etc., etc. »

Je promis à papa de ne plus juger
légèrement les rivières. Et comme je lui
disais que je serais bien contente de
voir le commencement d'une rivière, il
me donna l'espoir de me faire voir un
jour les sept petits filets d'eau qui sont
les sept sources de la Tamise, fleuve de
grande importance commerciale, que les
Anglais, par esprit de reconnaissance,
appellent le roi des fleuves, quoique
son cours soit moitié moins long que
celui de la Seine.

Une auberge, placée au bord de l'eau,
est journellement fréquentée durant
la belle saison par les étrangers. On dîne

sur une terrasse de laquelle on voit
passer les bateaux à vapeur. Stolzenfels
se trouvant sur l'autre rive, il faut ajouter au plaisir de voyager sur terre celui
de traverser le Rhin. Tout cela est bien
amusant. Une fois débarqués, nous
nous sommes rendus au château de
Stolzenfels qui appartient au roi de
Prusse. Il est vraiment bien heureux
d'avoir un si joli château !

Cependant à l'intérieur il n'y a rien
d'extraordinaire. Nous avons mieux que
cela en fait de châteaux royaux, papa et
maman l'ont dit; mais Stolzenfels est
situé dans une position incomparable.
Qu'il est donc joli à voir du rivage !
Toutes ces tours et ces tourelles sont
d'un effet ravissant. Il y a deux façades :
quand on débarque, le château semble
planté dans la montagne; une ligne de
11.

maisons bâties sur la chaussée font
comme la bordure d'un grand tableau ;
le Rhin avec ses bateaux complète ce
délicieux paysage, selon l'expression de
ma sœur Marie. L'autre façade est celle
que je préfère, parce qu'on voit le château tout entier.

Le Rhin tourne autour de la montagne et prend la forme d'un beau lac
qui semble faire partie de la propriété :
de quelque côté qu'on se retourne, on
a une vue qui semble avoir été ménagée
tout exprès ; et, comme je m'en éton-
nais, ma sœur me dit que, bien certainement, l'architecte avait calculé et
ménagé tous ces beaux points de vue.

Permettez-moi, cher lecteur, de traverser les salons et les chambres sans
m'y arrêter ; mais je voudrais vous placer successivement à côté de moi, à

toutes les fenêtres du château, et particulièrement à celle d'un petit salon
rond, pour jouir d'un coup d'œil qui
surprend autant les grandes personnes
que les enfants. Je ne pus m'empêcher de dire à maman que, si j'avais
une salle d'étude semblable, je ferais
des merveilles; à quoi maman répondit,
en me donnant un baiser, que si le roi
de Prusse faisait cette faveur à Rosalie,
elle lui en demanderait une autre : ce
serait de faire boucher les fenêtres, dans
la crainte que l'amour du paysage ne dé-
tournât l'attention de sa petite fille, car
d'ordinaire une mouche suffit pour cela.

Telle est la leçon que j'ai rapportée
de Stolzenfels; je m'empresse de vous
la passer.

J'ai remarqué dans la salle à manger
de Sa Majesté une quantité extraordi-

naire de verres d'une dimension encore plus extraordinaire. L'homme qui nous accompagnait nous nomma tous les personnages historiques qui ont bu dans ces fameux verres. Mais je demandai pourquoi ils étaient si grands.

— « Ma petite, s'empressa de répondre la comtesse Anna, c'est qu'ils sont à l'usage des Allemands. »

D'où Emmanuel a conclu que les Allemands avaient très-soif.

Hélas! il fallut songer au retour. La même barque nous reçut et nous reconduisit à Ober-Lahn-Stein, où nous dînâmes rapidement; et puis, fouette, cocher!

La lune était dans son plein. Emmanuel et moi l'avons admirée un instant. Mais bientôt un sommeil irrésistible nous força à négliger le paysage.

Je me souviens encore de Braubach et du Marxbourg. Braubach est à trois lieues d'Ems; Marxbourg est un fort que tous les étrangers vont visiter. Figurez-vous, cher lecteur, une montagne de rochers au haut de laquelle se trouve un reste de vieux château. On monte pendant une heure, c'est très-fatigant; mais, une fois qu'on est arrivé, le dédommagement est complet; on voit à ses pieds la petite ville de Braubach et du côté opposé le Rhin, et de chaque côté du fleuve, une belle chaussée faite par les Français. Nous sommes restés avec Marguerite sur une petite terrasse d'où nous voyions aller et venir les paysans qui nous semblaient bien petits. J'avais d'abord voulu visiter le château, simplement pour faire comme tout le monde; car la perspective de monter de vieux es-

caliers, de passer dans des endroits noirs
pleins de toiles d'araignées et peut-être
de souris, n'est pas bien séduisante : aussi
je me rendis sans peine à l'invitation que
me fit ma bonne de rester en plein
air. Après quelques instants de repos,
nous nous sommes promenés tranquillement avec Marguerite, regardant les
faneurs qui, eux aussi, se reposaient en
nous regardant. Les gens qui ont du
chagrin devraient visiter les bords du
Rhin. C'est si gai qu'on est content et
heureux sans savoir pourquoi.

La société étant revenue, nous fîmes
nos adieux au Marxbourg lui promettant de ne pas l'oublier. Le gardien,
touché sans doute de notre tendresse
pour son roc, nous donna de petits
bouquets de pensées que nous avons
conservés. Nous descendîmes comme

des chèvres, Marguerite ne pouvait nous
suivre et nous avions la complaisance
de remonter, lorsqu'elle nous avait per-
dus de vue, de peur de la tourmenter.
De retour à l'hôtel du Cygne, d'où la vue
est très-supérieure à la cuisine, on nous
servit un dîner qui était étonnant pour
les gens les moins difficiles comme papa
et maman. Heureusement que papa
nous fit la surprise d'une boîte de côte-
lettes de veau venant de Paris. Les
esprits et les estomacs goûtèrent beaucoup la plaisanterie. La comtesse Anna
se mit à un vieux piano tout étonné de
sentir courir des mains blanches qui faisaient ressortir l'ivoire de ses touches,
jauni par le temps ; elle nous joua des
mazurks et des walses. Le temps était
magnifique et, le soleil étant baissé, papa
fit découvrir la voiture. La route du re-

tour est encore plus jolie que la première. Nous étions séparés du Rhin tantôt par des jardins potagers très-bien cultivés, tantôt par des rideaux de peupliers à travers lesquels nous voyions passer les bateaux à vapeur. C'était si joli, il faisait si beau que, craignant d'être surprise par le sommeil, comme au retour de Stolzenfels, je me tenais droite et je dis tout bas à Emmanuel de me pincer s'il s'apercevait que j'eusse envie de dormir, lui promettant de lui rendre le même service au besoin : il fut bien reconnaissant. La précaution fut inutile, notre présence d'esprit ne nous abandonna pas un seul instant pendant cette belle promenade, mais nous sentions avec quelle facilité le sommeil s'emparerait de nous.

CHAPITRE XIII.

Où l'on s'instruira.

Un jour, ayant eu la fantaisie de faire notre promenade en plaine, nous priâmes Marguerite de nous mener sur la route de Coblentz. Les voitures, qui amenaient des voyageurs à Ems, excitaient notre intérêt. Une de ces voitures surtout fixa notre attention parce que de charmants enfants se penchaient aux deux portières. « Qui sait, » dit Emmanuel en les saluant, « si nous ne serons pas bientôt grands amis ! Ce serait très-heureux, ma sœur, car ce sont de petits Anglais, et nous apprendrions plus vite leur langue en jouant avec eux qu'en faisant des thèmes. »

De retour à la maison, nous fîmes part à maman de notre rencontre et du désir que nous avions de lier connaissance avec cette famille. Le lendemain, les enfants arrivaient au Kurhaus en même temps que nous; après nous avoir considérés, ils parlèrent entre eux. L'aîné des garçons paraissait avoir douze ans et la plus grande des filles devait être au moins de mon âge. A Ems on se rencontre partout. Emmanuel me dit : « Tu devrais leur parler. Je suis sûr qu'ils désirent être amis avec nous. »

Je ne pus me résoudre à suivre le conseil de mon frère, et probablement que sans la circonstance suivante nous serions restés étrangers les uns au autres.

Notre balcon, vous le savez, donnait sur une route très-fréquentée par les promeneurs. C'était toujours un plaisir nouveau pour nous de voir passer les cavalcades. Une après-dînée, nous fûmes attirés par des cris d'enfants. Nous courons... et que voyons-nous! Deux de mes petites Anglaises roulant dans la poussière avec leurs montures. Marguerite descend en toute hâte, et nous aussi. Les petites s'étaient fait mal, pourtant elles ne pleuraient pas; mais la toute petite, ayant vu la culbute de ses sœurs, poussait de tels cris d'effroi qu'il fallut la mettre à terre en même temps qu'on ramassait les autres.

Maman et ma sœur survinrent; maman engagea les promeneurs à monter, fit prendre de l'arnica aux petites *tombées* et consola le Baby qui pleurait toujours, malgré les sourires et les caresses de ses sœurs. Le calme étant rétabli, Marguerite aida la bonne à réparer le désordre des toilettes, et pendant ce temps-là Emmanuel faisait ronfler aux oreilles des garçons une toupie d'Allemagne qu'il possédait depuis la veille au soir.

Une heure s'était écoulée; tout le monde était trop ému pour continuer la promenade. Les cavaliers rentrèrent à pied au logis.

Assurément nous étions fort peinés d'un pareil accident. Toutefois (il faut l'avouer de crainte que le lecteur ne le devine), ayant l'espoir que les jeunes miss ne se ressentiraient pas de leur chute, l'événement nous parut être favorable aux sentiments de tendresse dont notre cœur était rempli pour ces charmants enfants.

En effet le lendemain, avant l'heure de la promenade, madame Spenlow (nous avions vu son nom sur la liste des étrangers), son mari et tous les enfants remplissaient notre salon. C'était une visite de remercîments.

Le chapitre des ânes étant épuisé, on passa à celui des enfants. La conversation tantôt anglaise, tantôt française, était très-animée. Tout le monde avait l'air de se trouver aimable. Enfin ma-

man, qui arrange tout si bien, proposa
de réunir les enfants pour la promenade.
La proposition fut acceptée et le rendez-
vous pris pour le lendemain.

« Nos vœux sont exaucés, » dis-je à
Emmanuel.

« Tu vois, ma sœur, comme les choses
arrivent en ce monde ! Peut-être n'eus-
sions-nous jamais connu la famille
Spenlow sans le faux pas d'un âne. Je
dis un, ma sœur, parce que je suis con-
vaincu que le mauvais exemple du premier a entraîné le second. Rosalie, ce
n'est pas ce qu'on prépare d'avance qui
réussit toujours le mieux. Je suis de
l'avis de mon ami Joseph, les im-
promptus sont préférables aux projets. »

Le lecteur connaît ma discrétion ; il
peut être assuré que je lui ferai grâce
des détails de cette nouvelle intimité.

On dit d'ailleurs que tous les enfants
ont les mêmes idées, s'amusent des
mêmes jeux, font et disent les mêmes
gentillesses et les mêmes sottises.

Cette connaissance, dont Emmanuel
avait eu l'heureux pressentiment, eut
son côté utile, et je croirais manquer
de générosité en gardant pour moi ce
que m'ont appris Agnès, Mary et Bell
(Isabelle).

Les enfants étant devenus amis, les
parents le devinrent aussi. Il ne se passait plus un jour sans que les deux fa-
milles se réunissent. Les petits jeux
étaient en grande faveur parmi nous,
et vous aurez idée du plaisir que nous y
trouvions en apprenant que nos parents
étaient habituellement de la partie. Je
dois avouer au lecteur que j'avais eu
l'espérance, en ma qualité de Française,

d'apprendre les plus jolis jeux à la société. Cette gloire m'échappa. J'ai plus
appris que je n'ai enseigné. Ma sœur
m'assure qu'il en sera longtemps ainsi.

N'est-ce pas une idée excellente de
glisser dans mes Mémoires quelques-
uns de ces jeux? Si le lecteur les connaît, il sourira en les retrouvant et ne
manquera pas de faire parade de sa
science; s'il les ignore, il me saura gré
de compléter son instruction dans
cette partie.

L'opérateur, ou plucer sans rire.

Une personne prend le rôle d'opérateur, qui consiste à pincer le front, les
joues et le menton du personnage qui
se présente. La difficulté consiste pour

le patient à ne pas rire, et celui qui montre assez de caractère pour conser-, ver son sérieux prend les fonctions d'*opérateur*. Le rôle devait nécessairement advenir à Emmanuel, de même qu'il était certain que je n'aurais pas le bonheur d'*opérer* une seule fois.

Pour donner du piquant au jeu, l'*opérateur* a dans sa poche un bouchon de liége à moitié brûlé, sur lequel il noircit furtivement ses doigts de temps à autre, et il fait de belles virgules sur le visage du patient, comme dans une page d'écriture. Cette niche a d'autant plus de succès que le personnage ainsi mystifié ne découvre qu'au bout d'un certain temps le tour qu'on lui a joué.

Ce jeu est extrêmement gai. Il dure longtemps parce que chacun s'obstine à vouloir garder son sérieux. Les papas

12

et les mamans ne sont guère plus graves
à ce jeu-là que les enfants.

Coton en l'air.

On se tient debout autour d'une table; quelqu'un lance en l'air un petit
flocon de coton. C'est un ennemi dont
il faut se garer. Dès qu'il approche, on
se hâte de le souffler sur le voisin, sans
sortir de sa place. Toutes les allées et
venues de ce petit coton sont très-drôles.
On crie, on rit en voyant avancer l'ennemi qui tombe sur le joueur essoufflé.
Ce jeu fournit beaucoup de gages.

Parler à tort et à travers.

Il me semble entendre les papas et
les mamans s'écrier : « Voilà un jeu fort

connu et auquel nous assistons souvent.
Cependant je déclare avec un profond
respect, que ce ne sont pas les enfants
qui parlent le mieux à tort et à travers.

Chacun prend un état. Une personne
raconte une histoire et, tout en faisant
son récit, elle indique du doigt celui ou
celle qui doit placer dans la phrase ina-
chevée un mot pris dans *son état.* Par
exemple, le conteur décrit la beauté
d'une jeune princesse douée par les fées.
Son visage, dit-il, avait l'éclat et la tendre douceur d'une... morue, répond-la
marchande de poisson... sa démarche
gracieuse et sa mise élégante, rappe-
laient.... le bœuf gras.... répond d'un
grand sérieux le boucher, etc., etc.

Le récit doit être rapide, et quiconque
le ralentit donne un gage. Il y a souvent de tels coq-à-l'âne, qu'il est diffi-

cile de rattraper le fil du discours. Un
des grands succès de ce jeu a été de
vaincre le spleen de M. Spenlow. Il
poussait de grands cris, se tordait, tré-
pignait et tout cela à la grande joie de
sa femme et de ses enfants.

C'est à maman que nous devons la
connaissance de ce jeu. J'en suis très-
fière, parce que je ne doute pas qu'il
n'intéresse beaucoup mes contempo-
rains.

On éprouve une douce satisfaction à
entendre des personnes raisonnables
parler à tort et à travers. Du moins, telle
a été mon impression.

Barabas.

Deux personnes que nous appellerons
Paul et Pierre se mettent à l'écart pour

se communiquer le secret, dit *secret de Barabas,* que je vais aussi moi, cher lecteur, vous confier. Paul se bande les yeux, on le conduit dans un coin du salon et souvent même, pour mieux établir la confiance des spectateurs, on le met à la porte. Alors Pierre agite en l'air un bâton, faisant des signes extraordinaires, il frappe le parquet et dit enfin : Barabas, m'entends-tu ? Oui, ou non, répond Paul. Barabas, reprend Pierre, m'entends-tu? Oui. Je touche, je touche... qui est-ce que je touche? Paul nomme la personne sur la tête de laquelle Pierre a posé son bâton magique.

Voici le secret : parmi les personnes qui parlent, Paul doit distinguer celle dont la voix se fait entendre au moment où il répondra, et il est convenu

12.

entre Paul et Pierre que cette personne-là sera désignée par le bâton de Pierre.

Ce jeu reste quelquefois un mystère pendant toute la soirée, les deux initiés se plaisant à garder le secret. A chaque expérience on croit avoir deviné juste; mais on y arrive rarement, et le plus souvent on doit à la générosité d'une amie le fameux secret de Barabas.

La voiture de famille.

On se place comme à la *toilette de madame*. Chaque enfant prend le nom d'un objet nécessaire à tout voyageur. Une personne raconte le voyage qu'elle vient de faire, et au moment où elle nomme un objet, la petite fille qui le représente tourne sur elle-même jus-qu'à ce qu'une autre s'entende désigner. Ainsi la chandelle, au risque de s'éteindre, doit tourner jusqu'à ce que le sac de nuit, pesât-il deux cents livres, la remplace. Quelquefois on convient qu'un certain mot sera le signal d'un tournement général. Vous jugez combien ce mot est désiré. Si le voyageur a tant soit peu de malice, il emploie un nom qui commence par la première syllabe du mot attendu, et toutes les étourdies prises au piége donnent des gages pour avoir tourné mal à propos.

Je recommande *cette voiture de famille* au lecteur! on ne s'y repose pas beaucoup à vrai dire; mais on est sûr de ne pas y avoir d'inquiétudes dans les jambes.

Nous nous proposons Emmanuel et moi de mettre ce jeu en vogue à Paris; et nous ne désespérons pas, à défaut de

petits amis, de faire tourner Marguerite.

La chasse.

Il faut beaucoup d'espace pour ce
jeu-là, vous le comprenez. Voici comment les rôles se partagent : quatre
chasseurs, qui peuvent se costumer, si
bon leur semble, quatre piqueurs, une
meute de chiens et un cerf.

Le *cerf* est muni d'une sonnette dont
il se sert pour annoncer son passage;
les chiens le cherchent, le poursuivent
en aboyant, et lui jouent mille tours
auxquels le noble animal tâche d'é-
chapper. Les piqueurs, avertis par les
chiens, courent, franchissent des bar-
rières, donnent du cor (c'est-à-dire souf-
flent dans une trompette d'un sou);

mais ils ne doivent pas toucher au cerf, les chasseurs ont seuls ce droit.

Cette chasse est aussi amusante dans la maison que dehors. L'important est d'avoir de l'espace pour circuler. Le rôle de cerf est le plus beau. Celui qui le remplit montre souvent beaucoup d'habileté dans ses manœuvres. Ce qui n'empêche pas que le rôle de chien est fort recherché à cause des aboiements. J'oubliais de vous dire que si les chasseurs et les piqueurs sont représentés par des garçons, ceux-ci vont à cheval sur des bâtons, ce qui produit un effet délicieux.

CHAPITRE XIV.

Qui est la preuve que tout a une fin.

Le lecteur n'a peut-être pas oublié combien le temps me sembla long à Paris, pendant les jours qui précédèrent le départ pour Ems. Eh bien, le contraire arriva lorsqu'il fut question de retourner à Paris. Si maman ne m'eût assuré que nous étions à Ems depuis six semaines, jamais je ne l'aurais cru. Marguerite se chargea de me convaincre tout à fait, en faisant paraître les malles quatre jours d'avance. Cette méthode de préparatifs excellente, lorsqu'on désire faire un voyage, est insipide lorsqu'on quitte à regret un pays où l'on se plaît.

« Comme le temps a vite passé, » dis-je à Emmanuel, « c'est triste ! »

— « Que veux-tu, ma sœur? répondit-il tranquillement, nous nous amuserons ailleurs, ne pensons pas au départ. Evitons d'entrer dans la chambre de Marguerite, puisque la vue des paquets te fait du chagrin: soyons tout au plaisir du moment. »

Vous voyez qu'Emmanuel est digne par sa sagesse de figurer dans mes Mémoires: et, maintenant que j'y pense, je ne sais vraiment pas pourquoi je ne vous ai pas donné son portrait. Le personnage en vaut la peine.

Figurez-vous donc un monsieur de neuf ans, blond et bouclé comme un chérubin, frais et jouflu, d'un embonpoint qui lui donne un petit air campagnard que je ne déteste pas du tout, une bouche qui ne ment jamais, des yeux qui regardent bien, une gravité imposante jusqu'au moment où elle est remplacée par une gaîté folle. Maintenant, si nous regardons dans le cœur de mon petit frère, nous y verrons la piété, le respect et l'amour filial ; la douceur et la patience dont sa sœur cadette manque souvent, de la sensibilité, du courage, mais aussi un petit brin de paresse pour servir d'exercice à ces belles vertus auxquelles j'ajouterai encore la tendresse qu'il a pour moi.

13

Mon pinceau n'est pas celui d'un maître : les nuances et le coloris laissent à désirer, je ne me flatte que d'attraper la ressemblance.

Eh bien, ces quatre jours, dont j'aurais voulu prolonger la durée, furent trop longs! C'est singulier, n'est-ce pas? Vous allez vous en convaincre sans peine. Nous étions avec Marguerite à regarder les blanchisseuses étendre du linge sur l'herbe et l'arroser, selon l'usage du pays, lorsque de gros nuages survenant tout à coup alarmèrent les travailleurs et les promeneurs. Ma bonne serra bien vite son ouvrage, nous emmena sans nous permettre de cueillir une mûre. Elle eut bien raison : à peine étions-nous arrivés sous la porte, que le tonnerre fit boum-boum dans la montagne, avec accompagnement

d'éclairs et de pluie. Peut-être dites-
vous : Après la pluie le beau temps !

Hélas ! le proverbe mentit cette fois-
là ; le lendemain ne ramena pas le beau
temps. Nos jolies montagnes avaient
disparu, et je convins moi-même qu'il
était impossible de sortir. Emmanuel
voyant ma tristesse me dit : « Ma sœur,
ce serait peut-être le cas d'aller voir faire
les paquets ! »

Cette réflexion malicieuse me rendit
ma bonne humeur, et, changeant de
sentiment, je sautai de joie en pensant
au départ.

Quoi qu'il en soit, trois jours de pluie
sont bien longs ! Heureusement que
papa, toujours si bon, nous mena dans
les galeries, où le plaisir de passer et
repasser devant les boutiques nous
sembla nouveau. La permission de dé-

penser un peu d'argent mit le comble à notre satisfaction.

Le soleil reparut le jour de notre départ, comme pour nous narguer. Nous étions trop contents de le revoir pour lui faire la mine. Arrivés à Coblentz, le géant nous reçut encore dans ses bras, et certes il ne se fût pas lassé de nous y tenir, mais c'était assez d'une nuit de repos après un court trajet. Nous voilà donc encore une fois montés sur le bateau à vapeur, reconnaissant avec fierté ce que nous avions déjà admiré, faisant assaut d'érudition et interpellant Marie dans les cas douteux.

Je ne me sentais pas d'aise d'arriver à Paris. Maman dit que les enfants sont inconstants dans leurs goûts : ainsi je ne m'afflige pas de changer si souvent de sentiment.

J'ai revu la cathédrale de Cologne avec plaisir, et je me propose de regarder souvent le joli album des bords du Rhin, que papa nous a donné.

En arrivant à Paris, nous avons laissé Marguerite et Bruno se débattre avec les douaniers, et nous sommes allés grand train à la maison où Annette nous attendait avec un bon dîner. Les domestiques avaient l'air si content de nous revoir tous, que j'en fus attendrie. Notre appartement me semblait un palais, et la rue Royale, sans prairies, sans montagnes, sans le Rhin, un délicieux paysage. Je repris possession de ma petite chambre placée à côté de celle de maman avec un vif plaisir. Je courus à mes tourterelles : elles dormaient et perdirent mon bonsoir. Le bonjour n'en fut que plus tendre. Kara.

gheuss rentré au logis pour me recevoir aboyait, sautait, léchait et pleurait de tout son cœur de chien.

Griffette ne parut que le lendemain, elle me salua d'un fort ronron et flaira ma tasse de chocolat en me lançant un coup d'œil plein d'expression.

Nous étions tous contents d'être revenus à Paris, sauf Emmanuel qui avait pris de tels goûts d'élévation dans le pays de Nassau, qu'il montait sans cesse sur les chaises pour mieux respirer. Cette plaisanterie dura un certain temps.

Nous devions aller passer le reste de la belle saison à notre campagne : une lettre dérangea les projets.

Ma tante qui demeure en Alsace étant malade, il fut décidé que nous irions la voir. Après huit jours de repos, on se remit en route au grand complet pour l'Alsace.

Ah ! pardonnez-moi, je quitte encore une fois avec plaisir ce que j'avais retrouvé avec bonheur ! Soyez juste : changer de place, voir un beau pays, retrouver une bonne tante qui vous gâte du matin au soir, courir, ramasser des plumes de paon, être de toutes les parties, et avec ses parents, ses frères et sa sœur, vraiment il faudrait être une petite fille de bois pour ne pas apprécier de tels avantages.

Rassurez-vous : je ne songe pas à vous faire la description de ce nouveau voyage. Si le lecteur a craint le contraire, il a eu tort.

Je passerai donc sous silence et à regret, je l'avoue, ces magnifiques promenades dans des forêts où l'on marche sur des tapis de verdure qui n'ont rien à envier aux fabriques les plus renommées. Non, je ne m'arrêterai pas dans ces ruines, témoins de mes déjeuners dont le mets le plus apprécié était certainement les pommes de terre que nous faisions cuire nous-mêmes. Je ne vous dirai rien du vieux Windstein. Je vous demande seulement la permission de m'asseoir à l'ombre des pins d'Italie pendant qu'Emmanuel cueille pour moi un bouquet de bruyère, et, comme je ne doute pas que vous n'aimiez les histoires, je vais vous en raconter une que j'ai *vue* peu de temps après notre arrivée à Reichshoffen.

Les brimbelles.

Thérèse est une pauvre veuve ayant deux enfants. Marie, âgée de neuf ans, va chez les Sœurs, et garde tant bien que mal son petit frère Joseph, qui n'a que cinq ans. Cette bonne mère aime bien ses enfants, mais étant obligée d'aller travailler à la journée pour les nourrir, elle ne peut pas toujours les surveiller.

Un jour Marie et Joseph allèrent, avec la permission de leur mère dans le bois de Dambach cueillir de petits fruits noirs qu'on appelle ici *brimbelles* et prunelles en Touraine et en Anjou. C'est très-bon et surtout très-amusant à manger, parce qu'on se noircit les dents

13.

et les lèvres. Marie et son petit frère se
promettaient de faire une belle récolte
de brimbelles et de les vendre au village. La petite fille avait promis à sa
mère d'avoir grand soin de Joseph. Les
deux enfants s'enfoncèrent dans le bois ;
ils y trouvèrent des brimbelles en abon-
dance. Malheureusement ils n'eurent
pas la précaution de se tenir tous les
deux à la même place, et dans l'ardeur
du travail ils s'éloignèrent l'un de l'autre.
Aussitôt que Marie s'aperçut de l'absence
de son frère, elle l'appela : « Joseph ! Joseph ! » Le petit répondit, et ne voyant
plus sa sœur, il se mit à courir en ré-
pondant toujours à la voix qui l'appelait. Il s'éloignait, il s'éloignait, et bientôt
les enfants furent séparés par un espace
qui ne leur permit plus de s'entendre.
Figurez-vous le chagrin et la frayeur de

ces pauvres petits. Comme ils devaient pleurer!

Au bout d'un certain temps, Marie se décida à retourner au village pour dire à sa mère que Joseph était perdu.

Par bonheur Thérèse n'est pas une méchante femme, ainsi elle n'a pas battu sa fille. Elle s'est mise à pleurer demandant à Dieu de protéger son enfant. Elle a aussi prié la Très-Sainte-Vierge, et fait vœu d'aller pieds-nus à Marienthal avec son petit, si elle avait le bonheur de le retrouver.

Les yeux de maman se remplirent de larmes au récit de cette triste histoire, et moi, je me mis à pleurer tout de bon, malgré les discours rassurants d'Emmanuel.

Les habitants de Reichshoffen montrèrent une grande compassion pour

Thérèse. Le maître d'école partit avec les plus grands garçons de sa classe pour chercher l'enfant; quelques pères de famille se joignirent à eux. Ils étaient munis de torches et de bâtons, car la nuit approchait. Ils parcoururent le bois en tout sens, frappant, appelant : « Joseph! Joseph! » la voix de Thérèse dominait les autres. On écoutait, on espérait. Thérèse était sûre d'avoir entendu une voix d'enfant. Alors, la troupe se dirigeait du côté indiqué par la mère.... et il n'y avait pas de petit garçon !

Au point du jour, la patrouille rentra au village et d'autres garçons se mirent en recherche ayant papa à leur tête.

Il n'était question que de Joseph et de sa mère; on ne se rencontrait pas sans se demander : « Est-il retrouvé ? »

Pour ma part, j'étais dans une agitation extrême ; il m'était impossible de tenir un livre ou une aiguille. Je montais et descendais sans cesse, allant chercher des nouvelles à la cuisine, chez le jardinier et jusqu'à la porte du château. Je demandais toutes les cinq minutes à mamań, si elle croyait que le petit Joseph était retrouvé, puis j'allais faire la même question à tous les gens de la maison.

Après le dîner, étant allés nous promener en voiture du côté de Dambach, nous aperçûmes bientôt des gens qui revenaient en causant avec beaucoup d'agitation.

On arrête : maman demande ce qui se passe, et nous apprenons que Joseph est enfin retrouvé et que sa mère vient. Nous attendons. Voici Thérèse, mais dans quel état, bon Dieu! Ses yeux étaient enfoncés, noirs, rouges à force d'avoir pleuré; le cocher, qui la connaît, disait qu'elle avait vieilli de plusieurs années dans ces deux jours.

Maman parla avec intérêt à Thérèse; mais c'est à peine si la pauvre femme pouvait répondre. Elle n'avait pas encore vu son fils, elle savait seulement qu'on le ramenait au village.

Voici, cher lecteur, ce qui était arrivé à Joseph : en cueillant des brimbelles il s'éloigna, sans s'en apercevoir, de sa sœur. Il s'effraya lorsqu'il n'entendit plus la voix de Marie, et courant alors au hasard il s'éloigna de plus en plus. Enfin, vaincu par la fatigue, il s'assit au pied d'un arbre, pleura, sanglota. Alors, je pense, que la Sainte-Vierge, en souvenir de l'enfance de

Notre-Seigneur, envoya un ange pour endormir ce pauvre petit perdu.

Joseph dormait donc profondément, lorsqu'un meunier de Dambach passant par là vit l'enfant et en eut pitié. Il le prit en croupe, le fit souper et le coucha près de lui.

Joseph raconta son histoire du mieux qu'il put. Chose étonnante, il ne savait pas le nom du village où demeurait sa mère. Il dit pour tout renseignement qu'il y avait un grand château avec beaucoup de fenêtres, que sa mère y allait en journée et que mademoiselle Georgina lui donnait des sous lorsqu'il était sage, pour acheter des *bonhommes* de pain d'épices.

«J'y suis, mon garçon,» s'écria le meunier; «déjeunons et puis je te ramènerai chez ta mère. »

Il paraît que le meunier, tout homme qu'il était, n'avait pas gardé le secret de sa trouvaille ; il avait raconté l'aventure par le menu à ses voisins et à ses voisines, si bien que plusieurs d'entre eux ayant traversé le bois, rencontrèrent la troupe et dirent ce qu'ils savaient de Joseph. Alors, les bons villageois se séparèrent en deux bandes ; les uns retournèrent sur leurs pas porter la bonne nouvelle, les autres poursuivirent leur chemin, et arrivèrent chez le meunier au moment où Joseph montait en croupe. La figure de l'enfant s'épanouit en voyant des garçons de connaissance. C'était à qui le caresserait, à qui le rendrait à sa mère.

J'ai vu le héros de cette histoire. Il était si fatigué, que ses camarades étaient obligés de le porter tour à tour.

Ce petit Joseph est très-gentil, ses cheveux sont blonds et frisés comme ceux d'Emmanuel, sa figure est ronde, il ressemble à un petit ange d'un tableau qui est dans la chambre de maman. Pourtant on dit que ce Joseph est un vrai lutin, qu'il aime à se battre avec les grands garçons, qu'il attaque les chiens et déniche déjà les oiseaux. Je lui pardonne tout, excepté de dénicher les oiseaux, c'est vilain : j'ai parlé à Joseph, il m'a promis de ne plus le faire.

Ah! j'ai vu combien nos parents nous aiment. Je n'oublierai jamais l'état où était Thérèse. Cette femme si pauvre, qui gagne à grand' peine le pain de ses enfants, serait morte de douleur, si elle n'eût pas retrouvé son petit garçon.

Marie pleurait de joie, remerciait tout le monde, embrassait Joseph et lui disait : *Mon petit frère, maintenant nous cueillerons toujours des brimbelles au même buisson.*

Thérèse oublia son chagrin et sa fatigue, mais elle se souvint d'avoir fait un vœu à la Sainte-Vierge, et dès le lendemain elle se mit en route pour Marienthal, célèbre pélerinage d'Alsace, où se rencontrent ceux qui demandent et ceux qui ont obtenu la protection de la Mère de Dieu.

Voilà mon histoire, je la trouve très-jolie et je désire que le lecteur soit de mon goût.

J'ai eu un grand chagrin dans ce beau pays d'Alsace ! Vous connaissez ma bonne? Je suis même sûre que vous l'aimez. Vous comprendrez donc quel chagrin j'ai éprouvé en la voyant malade, très-malade. Marguerite m'a prise dans ses bras le premier jour de ma naissance; je l'ai aimée dès que j'ai su aimer. J'avais toujours vu ma bonne soigner tout le monde, et il ne m'était pas encore venu à la pensée qu'elle pourrait bien à son tour être malade.

Lorsque Jeannette, la femme de chambre de maman, vint pour m'habiller, en m'annonçant que ma bonne était malade, j'éprouvai autant de surprise que de chagrin. Jeannette n'eut pas l'autorité nécessaire pour m'empêcher de courir chez Marguerite. Je la trouvai souffrant beaucoup de la tête; ses joues étaient rouges, et je vis bien que cette bonne *Gothon* fit un effort pour me sourire et me rassurer. Elle me recommanda d'être bien sage et d'aller m'habiller.

Les soins de maman, les visites fréquentes du médecin me firent connaître que ma bonne était en danger. Emmanuel n'était pas moins chagrin que moi. Il me dit tout de suite : « Ma sœur, nous ferons une petite prière pour elle ensemble, matin et soir. »

Il ne nous était pas permis de rester longtemps dans sa chambre (non pas que nous fissions du bruit). Nous y entrions seulement de temps en temps pour la servir un peu. Maman nous faisait un devoir de visiter une personne qui nous avait élevés avec autant de dévouement qu'une vraie mère.

Eh bien, cher lecteur, cette étourdie que vous avez vue passer si facilement d'une idée à une autre, être si contente de partir, contente de rester et encore fâchée de partir, cette étourdie ne pouvait se distraire du chagrin que lui causait la maladie de sa bonne !

Emmanuel était absolument comme moi : les plus belles promenades nous ennuyaient ; nous pensions toujours à Marguerite. Marie voyait ce qui se passait dans nos cœurs ; elle s'occupait de nous plus qu'à l'ordinaire sans réussir à nous amuser.

J'étais si triste que ma visite du matin à la basse-cour ne m'intéressait qu'à moitié.

Je ne me souciais même plus de Blanchette, ma poule favorite, et elle dut me faire beaucoup d'avances pour recevoir mes dons habituels.

Maman fut touchée de ma peine. Elle me dit, tout en me consolant, qu'il fallait s'habituer à montrer de la modération dans le chagrin comme dans la joie et me contenter de prier pour ma bonne en ajoutant une forte résolution de lui être parfaitement soumise lorsqu'elle reprendrait son service auprès de nous.

Cette petite conversation me rendit ma gaieté et je n'en fus pas fâchée.

En effet, Marguerite guérit : sa convalescence nous causa un grand bonheur.

Nous servions notre bonne avec un tel empressement qu'il fallut intervenir; autrement la pauvre fille eût succombé sous le poids de nos soins et de nos caresses. Le jour où elle reprit ses fonctions fut un jour de bonheur pour elle et pour nous.

Ici, cher lecteur, finissent mes *Memoires*, par la bonne raison que mon passé est épuisé..... Il faut attendre.....

Après un court séjour en Touraine,

nous sommes de retour à Paris. Je vais reprendre la vie sérieuse avec un nouveau zèle. Mon cœur est rempli de reconnaissance pour mes bons parents. Je ne veux plus passer un seul jour sans me rendre compte de ma journée, car je veux me corriger de mes défauts, afin de plaire à Dieu qui inscrit au livre de vie le nom des enfants de bonne volonté.

TABLE DES MATIÈRES.

Paris. — Imp. W. REMQUET et Cie, r. Garancière, 5.

Sociétés charitables, par Ad. Baudon. 1 vol. in-18, 60 c.

Juan Donoso Cortès, marquis de Valdegamas, sa vie, par M. le comte de Montalembert. In-8.   1 fr.

Cours d'histoire professé à la Faculté des lettres, par Ch. Lenormant, membre de l'Institut, professeur au collége de France. 2 vol. in-18 Charpentier.   8 fr.

Les Ruines de mon Couvent, nouvelles tirées de l'histoire contemporaine, traduites de l'espagnol sur la seule édition reconnue par l'auteur, par M. Léon de Bessy. 2 vol. in-12.   5 fr.

Pratique de l'adoration du Saint-Sacrement, par Mgr. L. G. de Ségur, 1 vol. in-32   50. c.

Ouvrages du même auteur :

Mois de Marie de la jeunesse, 1 joli vol. in-32 approuvé
par Mgr l'Archevêque de Paris.   1 fr.

Mémoires d'une Poupée. Contes dédiés aux petites filles.
1 vol.

La semaine d'une petite fille, 1 vol. in-18.

L'éducation d'Yvonne. — **Dix ans.** 1 vol. gr. in-18. 2 fr. 50

La nuit de Noël.

Marie ou la prison.

Marianne Aubry, ouvrage couronné par l'Académie française, 1 vol. gr. in-18.   1 fr. 75

Florence Raymond, 1 vol. in-12.   2 fr.

Utilité d'un voyage d'agrément à Paris, 1 vol. in-12.
                                                   2 fr. 50

Scènes et Proverbes pour la Jeunesse. 1 vol. in-12.   2 fr.

Drames et Mystères à l'usage des Pensionnats du Sacré-
Cœur, avec autorisation de Madame Barrat, supérieure
générale; par Madame Marie David, 1 vol. in-18.   2 fr.

Imprimerie de W. REMQUET et Cie, rue Garancière, 5.

www.ingramcontent.com/pod-product-compliance
Lightning Source LLC
Chambersburg PA
CBHW070518030726
47503CB00004B/1303